Great
Fun
in Little Jokes

小笑话
大趣味

《故事会》编辑部 编

上海文艺出版社　上海故事会文化传媒有限公司

图书在版编目（CIP）数据

小笑话　大趣味：荒诞笑话／《故事会》编辑部编
. —— 上海：上海文艺出版社，2022
　ISBN 978-7-5321-8491-0

Ⅰ.①小… Ⅱ.①故… Ⅲ.①笑话-作品集-世界
Ⅳ.①I17

中国版本图书馆 CIP 数据核字（2022）第 168940 号

小笑话　大趣味：荒诞笑话

著　　者：《故事会》编辑部编
主　　编：夏一鸣
副 主 编：高　健
编辑成员：蔡美凤　胡捷　吴艳　杨怡君

责任编辑：杨怡君
装帧设计：周艳梅
图文制作：费红莲
责任督印：张　凯

出　　版：上海文艺出版社
出　　品：上海故事会文化传媒有限公司
　　　　　（201101 上海市闵行区号景路159弄A座3楼　www.storychina.cn）
发　　行：北京中版国际教育技术装备有限公司
印　　刷：天津旭丰源印刷有限公司
开　　本：787毫米x1092毫米　1/32　印张4
版　　次：2022年10月第1版　2022年10月第1次印刷
I S B N：978-7-5321-8491-0/I.6699
定　　价：22.00元

上海故事会文化传媒有限公司　出品（00087）

想看更多精彩故事？
扫码下载故事会APP

是它，让平淡的生活多了一种味道

美国的一家咨询机构曾经做过一次别出心裁的调查：
"你身边什么样的人最受欢迎？"本以为对于这个问题的回
答定会丰富多彩、千奇百怪，统计结果却出现了惊人的一致
性：懂得幽默、富有幽默感的人是最受欢迎的。人们都喜欢
与幽默的人一起工作、共同生活，幽默成了智慧、魅力、风度、
修养等高贵品质的代名词。

对于幽默的内涵，一位博友曾有过非常精辟的描述：所
谓幽默是智者在洞悉人情冷暖之后，传达出的一种认识独
特、角度别致、形式上喜闻乐见的信息，从而引起众人会心一
笑的过程。可见，幽默是一种乐观的人生态度、机智的思维

方式、轻松的心态和宽容的胸怀。

　　一位外国作家曾经提及这样一个故事：如果人群中有一个危险分子，而你不知道他是谁，那么请你讲一个笑话，有正常反应及有幽默感的人大体是好人。可见幽默已经成为衡量人生的重要标准。只有欣赏幽默的人，才能细细品味多彩的生活，悉心感受美丽的人生。

　　幽默的力量还可以化解生活中的尴尬场面，使人轻松摆脱不快的情绪，更好地树立形象，增加人格魅力和亲和力。一次，美国总统林肯与一位朋友边走边交谈，当他们走至回廊时，一队等候总统检阅的士兵齐声欢呼起来，但那位朋友并没有及时离开，军官不得不走上前来提醒，这位朋友因为自己的失礼涨红了脸，但林肯立即微笑着对他的朋友说："先生，你要知道也许他们还分辨不清谁是总统呢！"总统这样一句简单的话语，就完全消除了朋友的不安，很快缓和了当时的氛围。

　　幽默虽不能决定人们的衣食住行，但已经成为生活中必要的调味品和润滑剂。它可以使人们和周围的环境更融洽，让人们始终保持轻松愉快的心情，让平凡的生活充满欢笑。

因此作家王蒙才会如此迷恋幽默,他说:"我喜欢幽默。我希望多一点幽默。从容才能幽默,平等待人才能幽默,超脱才能幽默,游刃有余才能幽默,聪明透彻才能幽默。"幽默倡导了一种全新的快乐理念和生活风尚。

　　《故事会》杂志多年来一直为广大读者奉献最为精彩的小幽默小笑话,其中所包含的机智的风格、幽默的情趣和达观的态度长久以来影响与感染了一批又一批读者。我们的编辑从这个幽默宝库中,经过前期的选题策划、中期的分类归总、后期的修改雕琢,精挑细选出了上千个笑话精品,于是才产生了这套极具特色的作品集。可以说这套笑话丛书是当之无愧的幽默精品,它凝聚了《故事会》编辑部的所有编辑的智慧与辛劳。

　　此套丛书以笑话为载体,讲述了人生百态,幽默诙谐,令你忍俊不禁,让读者在轻松幽默的氛围中品味人生、领悟真理。该丛书最大的亮点在于强化了色彩元素,12本书按照内容的定位,每本都有自己的色调。

　　懂生活才懂幽默,懂幽默才能更好地品味生活。希望这套笑话丛书能够带给广大读者一种全新的幽默体验,营造一种特别的幽默氛围,唤醒我们的幽默潜能,自娱自乐自赏自识,快慰从容地去品味幽默,享受生活。

编者

2022 年 7 月

目录

1 飞机快开了

一群刚上飞机的乘客被工作人员请了下来,原因是飞机部件坏了,要修理。

过了没一会儿,那个工作人员又来告诉乘客们可以登机,飞机马上要起飞了。

乘客们好奇地问:"怎么这么快就修好了?"

工作人员答:"没修,只是换了一个敢开这架飞机的驾驶员。"

2 醉汉

有一醉汉歪歪斜斜地走进一家商店,要买一只花瓶。

他见柜台上有一个倒放的杯子,就拿起来看了看,于是奇怪地说:"这花瓶怎么没口?"说完,将杯子翻过来看,又不解道:"怎么搞的,底儿怎么有口?"

3 判刑五年

法庭上,法官正在审问一个被告。

"你怎么证明你自己是清白无罪的?"法官问。

被告回答:"这得让我好好想一想。"

"好吧,"法官接着说:"给你5年的时间,足够了吧?"

4 第二张彩票

一个吝啬鬼听从朋友的劝说,买了两张彩票。在他获得大奖后,却闷闷不乐。

"怎么了?"朋友问,"你刚刚成了百万富翁!"

"我知道,"他哀叹道,"但是我想不通我为什么要买第二张彩票!"

5 好好干

有一天,一个大老板心血来潮去巡视他的一家工厂。

看了一圈后,那个老板来到车间,瞧见一个员工正埋头努力地工作着。于是,他走过去拍拍员工的肩膀说道:"好好干吧!我以前也是和你一样。"

员工听了,抬起头来,笑了笑,也伸手拍了拍大老板的肩膀,说:"你也好好干吧!我以前也是和你一样。"

6 无法兼容

欧洲某城市公墓里正在举行葬礼。

面对一具棺材和无数的鲜花,有人在沉痛地致悼词:"今天我们要送别的是一位杰出的政治家,一位水晶般纯洁的人……"

这时正好有两个市民路过,其中一个诧异地问道:"上帝啊!他们干吗硬要把两个人塞进一具棺材呀?!"

7 议员难上天堂

有一天,天堂来了三个人:甲、乙、丙。

天使问甲:"你生前是什么职业?"

甲说:"我是教师。"

天使说:"很好,请到第一旅馆等待通知。"

天使又问乙:"你生前是什么职业?"

乙说:"我是牧师。"

天使说:"很好,请到第一旅馆等待通知。"

天使又问丙:"你生前是什么职业?"

丙说:"我是国会议员。"

天使说:"很好,请到第二旅馆等待通过。"

过几天后,教师和牧师一起抗议为什么这几天只有国会议员吃香喝辣,而他们只有粗茶淡饭呢?

天使说:"我在这儿好多年了,才等来一位能上天堂的国会议员,我不好好招待他,我招待谁?"

8 签名

尽管没读过书,甚至连自己的名字都不会写,可科比先生无疑是个商业天才,如今他已经拥有八家餐饮连锁店。

因为生意上的需要,科比先生经常得签署一些公司文件和支票,每到这时候,他总是工工整整地画上"××",作为自己的签名。

有一天，科比先生接到银行打来的电话。

银行的工作人员说："科比先生，我们刚刚收到一张据说是你签署的支票，可是这回在签名处的是'××ד，而不是以往的'××'，所以我们想核实一下。"

"没有错，那支票是我签的，"科比先生洋洋得意地说，"前两天，我太太建议说，现在我已经成为一个富人了，应该换一个更加体面的名字，所以我决定从今以后，在我的名字里加一个字！"

9 宣传的本质

杰克死后升了天堂，觉得在天堂里太单调，便请求天使让他去地狱看看。天使答应了。

杰克到了地狱，对魔鬼说："我就决定在这里住一天，听说这里很好玩。"魔鬼同意让他留下来，并派了个美女接待他。

第二天，杰克回到天堂。

过了不久，杰克又请天使准许他去地狱。一切如同上一次，他容光焕发地回到天堂。

又过了一阵子，杰克对天使说他要去地狱永久居住，说完不听天使的劝告，坚决地离开了天堂。

杰克到了地狱，告诉魔鬼他是来定居的，魔鬼请他进去，可这次接待他的是一个蓬头垢面、满脸皱纹的老太太。

"以前接待我的美女哪儿去了?"杰克问。

"朋友,老实跟你说,"魔鬼回答,"旅游归旅游,移民却是另一回事了!"

10 恩将仇报

法官正在审问一个流浪汉:"老太太给了你一个面包,可你为什么用石头砸了她家的玻璃窗?"

"那不是石头。"流浪汉回答道。

"那是什么?"法官问。

流浪汉无辜地说:"就是她给的那个面包。"

11 到底是谁的家

布莱克教授去拜访了一位朋友,他和朋友谈得非常投机,不知不觉谈到很晚,后来两个人都累了,朋友不停地看表,提醒布莱克时间不早了,但布莱克一点也没有想离开的意思,反倒不时朝那位朋友看,显出不耐烦的神情。终于,朋友忍不住说话了:"布莱克,我也不愿意赶你走,但明天一大早我还要上班,我必须休息了。"

布莱克听了朋友的话大吃一惊,说:"老天爷,我还以为你在我家里呢!"

12　奇怪的塑像

有人走进一家博物馆,目不转睛地瞅着一尊奇形怪状的将军塑像,百思不得其解,就问博物馆职员:"这位将军塑像的姿势怎么这样怪?"

那位职员回答道:"是这样的,当塑像做到一半的时候,经费被人贪污了,所以,将军胯下的黑马就没有塑……"

13　感谢信

查理应邀参加一个熟人儿子的婚礼。

由于他不了解这对夫妇,所以决定送他们一个实用的礼物:灭火器。

主人收到礼物后,给每个送礼人发了一封感谢信。

当查理收到感谢信时,禁不住笑出声来。原来,他们的感谢信是批量制作的,上面写着:十分感谢您精心准备的漂亮的礼物,我们希望能很快地用上它。

14　别无选择

警官对有偷窃行为的一个少年厉声道:"是把你关进监狱服刑改造,还是交给你父亲严加管教,你选择吧!"

少年无可奈何地说:"那还不是都一样!"

警官一愣:"为什么?"

少年说:"因为我父亲正在监狱服刑呢!"

15 看遗像

甲、乙、丙三人在乙家叙旧。

乙搬来一大堆照片让大家翻翻,没料到,甲对其中的一幅遗像特别感兴趣,看得目不转睛,丙有些不解,就说:"遗像有什么好看的?"

甲说道:"当然有啊。"

乙问:"有什么?"

甲振振有词地道:"看了记住了,下次碰到好认识。"

16 窃密码

某犯罪团伙准备对一个银行下黑手,可万事俱备,只欠银行的电子计算机密码。为避免打草惊蛇,头头决定派一名新队员去侦察并窃取。

没想到,两个小时过后,这个新队员就兴冲冲回来了,他兴奋地告诉头头,说密码到手了。

头头大喜过望,忙把他拉到一边,问是什么。

这个新队员递过一张便条说:"把这个输到电脑里就可以了,密码是:********。"头头一看,立即昏倒。

17 鬼哭的声音

两个女孩一起出去旅行,晚上住在一个房间里。

其中一个女孩很想唱歌,但知道自己唱得很难听,于是就在洗澡的时候,把水开得很大,偷偷唱歌过过瘾。

当她很快乐地从浴室里出来时,外面的女孩非常紧张地问:"你刚才有没有唱歌?"

她立刻矢口否认。

谁知外面的女孩立刻哭了起来,说:"我跟你说,咱们赶紧换个房间,刚才你洗澡的时候,我听见了鬼哭的声音……"

18 答案

印第安纳州的一所监狱里,罪犯们刚制造过一场暴动。

狱长正在审问罪犯们:"只要回答两个问题,我就不会严罚你们。第一个问题:你们为何制造暴动?"

其中一个罪犯说:"因为这里的伙食太糟了!"

"第二个问题:你们是用什么打开门闩的?"狱长问。

罪犯们异口同声:"面包片!"

19 再见

比尔给自己刚逝世的朋友送了一个花圈,挽联上写着:"安息吧,再见。"

后来,他觉得意犹未尽,便又打电话给殡仪馆:"请在'再见'前面加上'天堂里',如果挤得下的话。"

第二天出殡时,比尔一看,花圈的挽联上这样写着:"安息吧,天堂里再见,如果挤得下的话。"

20 悼词

某君去世,在他的追悼会上,生前好友同他做最后告别。

当人们走过他的棺木时,却都忍不住笑出声来。

原来,棺木上贴了一张纸条,上面写着:"这下我总算有了自己的住房,可以安心睡觉了。"

21 小心行事

法庭上,法官正在对一个窃犯进行审讯:"你自己有车为何还要偷别人的车?"

窃犯回答:"大人,那是因为我喝了酒!"

法官疑惑地问:"这和偷车有什么关系?"

窃犯接着回答:"当时我喝醉了,不敢开自己的车,所以……"

22 拒签

范局长因受贿被判刑,当法官让他在判决书上签字时,他就是不签。

这时,旁听席上的局长夫人流着眼泪说:"这是他多年养成的毛病,没收到钱,他是不会签字的。"

23 吝啬鬼

休息室里,老张正抱怨着天气:"真倒霉,又阴天了。"

他的朋友问:"你要出门?"

老张回答:"不,我要吸烟。"

朋友一脸疑惑道:"吸烟跟阴天有什么关系?"

老张接着回答:"我向来是用放大镜点烟的。"

24 试帽子

在商店的鞋帽专柜前,一个戴眼镜的顾客对售货小姐说:"小姐,您能不能把上面那顶帽子递给我,让我试试?"

售货小姐十分为难地说:"对不起,先生,实在不能递给您,因为那不是帽子,是灯罩……"

25 出洋相

汤姆正在跟他的朋友聊昨晚宴会的事。

汤姆一脸沮丧地说:"在昨晚的宴会上我真是出了大洋相。"

他的朋友问："怎么了？"

汤姆无辜地回答："邀请信上明明写着'只能系黑领带'，可是到了那里我才发现每个人还穿着衬衫……"

26 划账

一天，老仲在路上遇见老马，连忙打招呼，并从口袋里掏出5分钱，交给老马，说："马老师，前天借了你5分钱，还给你。"

"算了，5分钱，区区小事。"老马退回老仲手里的钱。

"还给你！"老仲硬是把5分硬币塞进老马的口袋。老马只好收下，说："你真要还，那我回家后，就把这笔账划掉。"

27 找地址

一位顾客来到本镇最有名的饭店，对店老板说："先生，请把你们的电话簿拿来看看，我想找一位朋友的通讯地址。"

店老板回答："非常遗憾，我们饭店没有电话簿，请你看看意见簿吧，那里你几乎可以找到全镇居民的通讯地址。"

28 装得不像

有一个装成聋哑人的乞丐，正在向过路行人打着手势行乞。

当他向第五个行人乞讨时，那个行人只当没看见，就从他身边走过了。

乞丐生气地嚷道："我看你装瞎子,装得一点也不像。"

29 不谋而合

两个印第安人准备过冬,于是向一个巫师求教："今年冬天会不会冷?"

"一定会。"巫师回答,"你们最好多准备些木柴。"

之后一连几天,巫师都这样回答求教的印第安人。

这天,为了使自己预测的结果更有把握,巫师私下又去问气象台。

气象台一位专家说："今年冬天一定会冷,你看,那些印第安人正在疯狂地收集木柴呢。"

30 许诺

在美国赌城拉斯维加斯,一个满脸苦相的陌生人截住一位绅士："先生,求求您给我25美元吧,我已经两天没处住,没饭吃了。"

"我把钱给你之后,天晓得你会不会拿着去赌博呢?"绅士问道。

"绝对不会,赌资我已讨到了。"陌生人急忙答道。

31 强盗逻辑

一名法官正在对一名被告进行审讯:"你声明你抢劫食品店是因为自己快要饿死了,那么你为什么不拿吃的,光抢钱呢?"

被告回答说:"因为我是一个有自尊心的人,法官先生,我所受的教育使我总是遵循一条原则:我吃什么都要付钱。"

32 小偷的抗议

在超市门口,保安逮住了一名小偷,打开他的皮包一看,只见他偷的全是防盗锁。

保安问小偷:"你偷这么多锁干吗?"

"你们推销这种锁,今后我靠什么吃饭?"小偷气愤地答道。

33 工作时间

法庭上,法官正在审问一名被告:"你竟敢在大白天闯入民宅行窃,真是明火执仗,肆无忌惮!"

被告无辜地说:"您前次审判我时,指责我说:'你竟敢在深更半夜潜入民宅行窃!'请问法官,我究竟该什么时候工作才合适呢?"

34 圣诞短信

小张收到一条短信:平安夜你想做什么?想发财吗?想

交桃花运吗？想当官吗？想一夜成名吗？想永葆青春吗？想让全世界的人都为你疯狂吗？

小张连回复：想！

很快，他就收到了回复：哥们，不要瞎想了，洗洗睡吧！

35　三个泳池

俄罗斯人决定盖一栋带三个泳池的别墅：一个是冷水池，一个是热水池，还有一个空的。

"为什么还要空游泳池?!"设计师一脸惊讶。

"因为我有的朋友不会游泳。"这个俄罗斯人回答道。

36　美女走光

小李在网上闲逛，突然看到一个名为《美女走光图》的帖子，于是他按捺不住好奇心，点击了进去。

小李瞪大眼睛看着：帖子里是一张沙滩照片，照片上却没有一个人，只有一排新鲜的脚印。

正当小李感到纳闷时，图片下方，出现了一行字，写着：美女走光了，只剩下沙滩上的一排脚印。

小李顿时从椅子上跌落下来。

37 恐怖小说

一位父亲检查儿子的英语课本,看到了极其恐怖的一页:

yes——爷死;nice——奶死;bus——爸死;mouth——妈死;girls——哥死;was——我死;cheese——气死;does——都死。

38 核战的后果

一个酒鬼打乱了正在召开的会议。

"当前的世界形势这么严峻,可你还在酗酒!你知道有关核战的事情吗?"军官厉声道。

"当然。"酒鬼回答。

"你说说看。"军官坐了下来。

酒鬼颇有自信地说:"有一天,当你走进厨房,打开水龙头,流出的是酒……"

"够了,你喝得够多了。"军官不耐烦地打断了酒鬼的话。

可酒鬼继续说道:"当你走进卫生间,打开水龙头,里面流出的是酒。"

"住口吧,你这个酒鬼!"军官忍无可忍了,起身向酒鬼吼道。

酒鬼却丝毫不顾及,又继续说道:"当你走到阳台上,天空中下着酒……"

军官气冲冲地走到酒鬼跟前:"那又怎么样呢?"

酒鬼振振有词道:"可是没有一个人来喝了!"

39 Kiss

在宴会上,作为主宾的演讲者正要讲话的时候,坐在桌子另一头的妻子递给他一张字条,上面写着"Kiss"。

坐在主宾旁边的客人说:"你的妻子在你演讲前给你送来一个'吻',她一定很爱你。"

演讲者苦笑着回答:"你不了解我的妻子,那几个字母表示:'简短点,蠢货(Keep it short,stupid)!'"

40 食宿费

某市犯罪率急剧降低,各界经研究后发现,原来该市各看守所和监狱贴出了这样的布告:"从今日开始,凡因犯罪或嫌疑进入本处的人,自行负担食宿费。"

41 文殊菩萨

有个人的外号叫文殊菩萨。

一次,一个朋友问他:"这个外号是什么意思?"

他一脸沮丧地说:"我老婆是河东狮吼。"

朋友听了大惑不解,又问:"这与文殊菩萨有什么关系?"

他解释道:"你不知道吗?文殊菩萨的坐骑可是狮子。"

42　奖品

公共汽车上,一名乘客观赏着一小伙子昂贵的手表许久,于是问:"你这手表不错,在哪买的?"

"不是买的,是马拉松长跑比赛得的第一名的奖品。"小伙子得意扬扬地说。

那名乘客顿时佩服起来:"哦,您真是厉害。那么有多少人跟您一起比赛?都有哪些人?"

"连我一共三个人。"小伙子接着回答,"警察得第二名,丢表的人得第三名。"

43　恶邻

一个男人到警察局告他的邻居,说他家的东西只要不小心掉到邻居家,邻居都强行据为已有:无论是晾的衣服,钻过去的鸡,还是栅栏边果树上结的果子,从来都没有归还过。

警察听了,说这些小纠纷不够立案,让他自己跟邻居协商。

男人说:"这些事是不大,问题是今天早晨我老婆为果树剪枝时,不小心掉到他家院里了!"

44　反应

马莉和琼斯聚在一起正谈论心事。

马莉说:"当你告诉你丈夫你怀孕了的时候,他有什么反应？"

琼斯说："他脸色雪白,口吐白沫,手里还拿着一把刀。"

马莉惊讶地叫道："啊,天哪,他这么不愿意要孩子？"

琼斯回答："不,他正在刮胡子。"

45 失手

自习课上,一位同学找到小刚,关心地问："请问你的室友小陈怎么受的伤？"

小刚笑了笑,答道："我们打赌,看谁能将身子伸出窗外更远,结果他赢了。"

46 自动刮脸机

一个推销员在推销自动刮脸机："你看,只要投一个硬币进去之后,把脸伸进机器里,等一分钟就刮好了。"

一个顾客问："可是人的脸型是不一样的啊。"

推销员思考了下,接着说："第一次确实是这样的。"

47 广告效果

休息时间,马克和杰瑞正聊着公司招聘的事。

马克说："昨天,电视台播放了我们公司招聘仓库警卫的广告。"

杰瑞说:"现在没工作的人很多,这广告一定有效。"

"太有效了!"马克接着说,"中午刚播的广告,晚上仓库就被盗了。"

48 我是新郎

在一个小镇的大街上,有个超速骑摩托车的小伙子被警察抓住了。

"可是警官先生," 小伙子说,"我可以解释……"

"闭上你的嘴," 警官喝道,"我先带你去号子里,等待警长回来再说。"

"可是警官先生,我只是想说……"

"我叫你闭嘴!跟我走吧!"

几个小时后警官去号子里开释他的犯人,并说:"你真是走运啊,今天警长去参加女儿的婚礼,他回来时一定心情很好。"

"没指望啦," 号子里的小伙子说,"我就是那位新郎。"

49 来了再说

管弦乐队正在排练,指挥突然放下指挥棒,大声说:"注意,第三小号手音不准!"

一位队员说:"第三小号手今天没来。"

指挥说:"好,等他来了再告诉他吧。"

50 特大的盾牌

在古代的一次攻城战役中,有个士兵手里举着一只特大的盾牌,结果还是被上面扔下来的石头砸破了脑袋。

这个士兵对着城楼上愤怒地大喊:"你们都瞎眼了?干吗朝我的脑袋扔?这么大的盾牌还看不清吗?"

51 揭短

一个乞丐躺在路边摆出一副非常痛苦的样子,呻吟道:"大伙可怜可怜我吧,我一路从家里爬过来的,家里还有弟妹要照顾。"

另一个瞎乞丐嘲笑他说:"别装了,我一看就知道你是个假瘸子。"

瘸子瞪了瞎乞丐一眼,愤愤地说:"哼,你还敢说我!瞧!别人都听到你说的话了,看你还怎么装瞎子!"

52 午饭

蒂姆是一位技工,经常承接空军学院的公务。

一天,一个卫兵走来问他:"可以让新来的警犬去你的卡车做嗅觉练习吗?"蒂姆同意了。

警犬开始工作,并马上嗅到一种气味,它跳到车厢里嗅个不停。

蒂姆紧张起来：车上没有毒品，也没有武器，警犬在找什么呢？

几分钟后，卫兵走到蒂姆面前，很难为情地说："对不起，警犬把你的午饭吃掉了。"

53 汽车在哪儿

妻子一动不动地坐在驾驶座上，用求助的眼神看着丈夫："车子坏了。化油器里进水了。"

丈夫觉得好笑，说："'化油器进水'这太荒谬可笑了！"

妻子再一次强调："我跟你说，车子的化油器里有水！"

丈夫不耐烦了，说："你连化油器是什么都不知道！我要检查检查。车子在哪儿？"

妻子回答："在水塘里！"

54 鞋匠

修鞋铺里，一位顾客正询问鞋匠："我那天给你送来了一双鞋，怎么现在只剩下一只了？"

"您现在手上拿着的这只可是花了我整整一天的时间才修好的啊。我又要缝补，又要换皮，甚至连鞋底都给你换了！"鞋匠有些答非所问。

"没错，修得确实不错，可是另一只呢？"顾客斥问道。

鞋匠一脸无辜,回答:"您倒是想想,要修成这样一只鞋,材料从哪儿来啊?"

55 我没说

一天晚上,在疯人院里,一个病人说:"我是拿破仑!"

另一个说:"你怎么知道?"

第一个人说:"上帝对我说的!"

一会儿,一个声音从另一个房间传来:"我没说!"

56 咳嗽的原因

甲在路上遇到乙,对他说:"昨天我在剧院看见你女友,她咳嗽得很厉害,弄得大家一个劲儿看她,她是不是生病了?"

乙回答:"不是,她只是穿了一件新衣服。"

57 原是看大门的

纽约的一座监狱里,最近又来了几个囚犯。

一天,监狱长把他们召集在一起,对他们说:"这儿是座模范监狱,我们是很民主的,每一个囚犯来到这里都可以继续做他们原来的工作。"

囚犯们听了很高兴,其中一个囚犯顿时手舞足蹈起来。

监狱长连忙问他:"你以前是干什么的?"

囚犯大声回答道:"监狱长先生,我原来是看大门的!"

58 真正的原因

"这家饭店真是糟透了!"一位客人在饭店前台结账的时候,不断地抱怨。

"怎么了?"服务员问道。

"我几乎不能睡觉。每隔 15 分钟会有一声巨响把我吵醒。"服务员对他表示歉意,并为他办理了结账手续。

几分钟之后,一对夫妇也来结账了。服务员问他们过得如何。

"真糟糕,"那位妻子说,"隔壁的那个家伙鼾声如雷,我们不得不每隔 15 分钟使劲敲墙壁让他醒过来。"

59 数学没过关

小明的个子很高,有一次,他和叔叔一起去便利店买东西,正当他准备付钱的时候,一位年轻的收银员小姐害羞地问:"你多高啊?"

"大概 6 英尺 10 英寸。"小明不以为然地回答。

"哇,"那个收银员兴奋地说,"我只有 4 英尺 11 英寸,你可是我的两倍呢!"

走出便利店后,小明低头凑近叔叔小声说:"叔叔,最好数数清楚,刚才那收银员找的钱对吗?"

60 测谎器

一位推销员在高声叫卖:"请买最新式产品——测谎器,不论男女老少,不分好人坏人,活人死人,只要讲了谎话,灯泡马上就亮,百试百灵,货真价实,有备无患,以防受骗……"

他又说:"哎,先生,您看了半天不吭声,您在想什么?"

"我在想,灯泡怎么没亮?亮了我准买。"这位先生回答说。

61 炫耀

一个人喜欢到处炫耀自己的财富。

一天,他走进一家装潢考究的精品店,拿起一根金色的链条,对售货小姐说:"这样的黄金制品我都有好几条了,还没见过这样大号的,我看我戴这条最合适……"

小姐很有礼貌地说:"先生,真是不好意思,我们这里是宠物饰品店。"

62 配眼镜

盗贼甲气冲冲地对盗贼乙说:"我非配一副眼镜不可了。"

盗贼乙不解地问:"为什么突然想要这个?"

盗贼甲沮丧地说:"昨天我进入一家豪宅试开保险箱,正

荒诞笑话

在旋转字盘时,突然发出很大的声音,原来……我旋转的是收音机。"

63　信号问题

甲:我的移动电话通讯服务很差,于是我通知服务供应商,说要终止合约。一星期后,我收到供应商的信,说给我优惠,劝我继续使用他们的服务。

乙:他们为什么要写信给你?

甲:只因为一直打不通我的移动电话。

64　坐在上面

校长收到一盆仙人球,助理问他是不是他妻子送的。

校长解释说:"我们俩大吵了一架,妻子送花可能是为了表示歉意。"

校长让助理把卡片上的话念给他听。

助理看了卡片一愣,上面只有四个红色大字:坐在上面。

65　不要迷信

迷人的女士邀请英俊的售货员到她的寓所小坐,可是不一会儿她就听到从大厅里传来丈夫熟悉的脚步声。

"公寓里只有一扇门,"她小声地对售货员说,"你只有从窗子里出去。"

她推他到卧室窗前,命令他:"跳!"

"可是,太太,"售货员说,"我们这是在第13层楼。"

"跳!"女士再次命令,"没时间讲迷信了!"

66 蹩脚衬衫

金斯在百货公司看到一件样子很差的衬衫,可是因为找不到更好的,只好把它买下了。

在衬衫里他发现一张纸条,写着一女子的姓名地址,还有:"请来信并附照片。"

他怦然心动,就写信把照片附去。

不久,回信来了。

他喜不自胜,打开一看:"承赐玉照,谢谢。我很不满意这件衬衫的设计,所以很想知道哪种人肯穿。"

67 逆行

老王驾车行驶在高速公路上。

夫人打他手机:"老公,电视里说高速公路上有辆车在逆行,你要小心!"

老王:"一辆?我看一百辆都不止。"

68 要茶水

在列车车厢里，一位乘客对女乘务员说："请您再给我送一杯茶来，小姐。"

"先生，在这一刻钟的时间里，您已经要了 10 杯茶水了，您怎么能喝下这么多水呢？"

"我不喝水，我要水是因为我卧铺上的毛毯烧着了。"

69 口气惊人

有位市长在酒店宴请企业老板及外来客商，商谈本地投资事宜。

席间，他去洗手间，听到墙外有两个人在大声说话。

"市里几大公园，包括动物园，全是我的。"一个粗嗓门说。

"那电视塔你别跟我抢，归我。"一个细嗓门说。

"火车站和几大酒店，我全包了。"粗嗓门说。

"市中心那整条街可没你的份。"细嗓门道。

"那几大银行，你可别算计。"

"行，归你。我只要那几大市场。"

市长大惊：这两个财大气粗的大老板怎么没请到饭桌上来？他忙让酒店经理赶紧过去请。

酒店经理出去一会儿，回来告诉市长："外面没什么大老板，那是两个乞丐在分行乞的地盘。"

70 裤子

感恩节前,一个吝啬的女人问一个乞丐:"你裤子上有掉的扣子吗?我给你缝上。"

乞丐说:"好心的太太,我这儿有一粒扣子,你能在上面缝条裤子吗?"

71 囚犯

在某座监狱里,几个囚犯打牌正打得热闹,看守来了,喊道:"101号,你的律师来了。"

正要赢牌的杰克说:"先生,麻烦你告诉他,我刚出去。"

72 我是毛驴

街上一大堆人在买"福利奖券",当场开奖,凡是里面印有动物图案的,即为中奖者,图案上面的动物体型越大,奖品越大,越贵重。

某人小心地拆开一张,发现中了一等奖,喜不自禁地大声叫道:"我是毛驴,我是毛驴。"

旁边一人屡摸不中,气急败坏地说:"喊什么?只要是牲口,都有奖。"

73 同情

一个饿得快死的穷汉看见一位阔太太坐在椅子上,为了引起她的同情,他便跪在地上,吃起草来。

"啊,可怜的人儿,你在干什么?"

"太太,我饿极了,甚至愿意吃草。"

"多么可怕啊。"她的眼里充满同情,"你能不能到我的院子里来一下,那里的草长得比这儿更长、更茂盛。"

74 哭丧

在百万富翁的葬礼上来了许多人,其中一个年轻人哭得死去活来。

"想开点吧!"不明真相的人们安慰他,"故去的是您的父亲吗?"

"不是,"年轻人哭得更厉害了,"为什么他不是我的父亲啊……"

75 图个吉利

一个贼偷钱,案发被捉。

预审员正审讯那个贼:"本月 18 日,你共偷了保险柜中多少钱?"

小偷说:"只偷了其中的 16888 元。"

预审员问：“为什么不全偷了？”小偷回答：“第一次作案，我想图个吉利……”

76 内行

卡斯省吃俭用在二手货交易市场买了一辆最便宜的小汽车。

那天，卡斯的小汽车被警察拦了下来。警察把车子损坏的部分开列出长长的一串单子，又问他里程表灵不灵。卡斯摇摇头。

警察厉声道：“开车不知道速度是触犯法律的！”

卡斯忙解释道：“先生，我知道车的速度。车门颤抖，时速是30英里；整个汽车颤抖，时速是40英里；我心里颤抖时，时速已经超过了50英里。”

77 地狱

有个财主死后下了地狱，小鬼领他挑选牢房。

第一间是一群男男女女被泡在滚烫的开水里，个个烫得皮开肉绽，苦不堪言，财主死也不肯进去。

第二间里也是一幕惨景：里头的人都被野兽咬得头脚分家，财主又不肯进去。

来到第三间，只见一群人泡在深及腰际的粪池里喝茶，财主觉得这还可以接受，就进去了。

不一会儿，小鬼进来宣布："各位，午茶时间结束，请恢复倒立姿势。"

78 三个酒鬼

列车上，几个乘客在谈论着有关酒鬼的故事。

有人说："我们村有个酒鬼，凡是在他身上吸过血的蚊子，立刻就会醉倒在地上。"

有人说："我们城里的酒鬼才叫绝呢！他去游泳池游泳，半小时之后，满池的水都是一股酒味。"

这时，旁边一个睡着的乘客醒了过来，张开了嘴巴，霎时，全车厢的人都觉得昏昏欲醉，列车也马上东摇西摆地晃动起来。

有人向大家说出了原因："很不幸，我们城的酒鬼刚刚打了个呵欠……"

79 开得太深

手术室里，主任医师大发雷霆："这已是你损坏的第三个手术台，史大夫，请你以后开刀不要开得这样深。"

80 万事俱备

老罗在筹备建房材料时突然头疼，只得去医院看病。

医生做了全面检查后说:"你的健康状况糟透了,你眼里有水,肾里有石头,动脉里有灰……"

"现在你只要说我脑袋里有沙子,明天我就开始盖房子。"老罗回答。

81 逐客令

酒吧间里常有许多人在关门后仍坐着不走。

为了对付这些人,许多酒店门口都贴着这样的布告:"本店11:25停止营业,厕所11:30停止使用。"

82 对比

甲救起落水的乙,说:"亏你在海上工作那么多年,还不会游泳!"

奄奄一息的乙不服气地说:"那我问你,飞行员工作几年后,他们才会飞?"

83 害怕

两个炮兵在讨论炮战,其中一个问:"打炮的时候你害怕吗?"

"不算害怕,实际上大地抖得比我厉害。"另一个炮兵回答。

84　只需一件

　　张三忙着为死去的老爸办后事,买来彩纸糊制各种家用电器后,又扎了两个穿着时髦的靓女,让老爸在阴间也赶一回潮流。

　　李四知道了,说:"傻瓜!要这么复杂干啥?只需一件就够了。"

　　张三:"啥?"

　　李四回答:"给他一纸任命书,让他在一个要害部门当官。"

85　幸存者

　　市内一大酒店突然倒塌,顾客死伤无数,唯有一包间安然无恙,里面依旧无事一般山吃海喝。

　　人们很纳闷,前去查看究竟,只见一群小鬼正用肩顶着该包间的楼板,累得挥汗如雨。

　　小鬼咬牙切齿地说:"就是累死也不能让他们到阴间去,他们用不了几天就把阴间给吃穷了。"

86　密码电报

　　"这是将军发来的一封电报。"一个士兵前来报告,"是发给您个人的,上校。"

　　"你念吧!"上校命令道。

通讯兵念道："我们这次失利首先应归罪于你的愚蠢与无能！"

"这是一份密码电报,立即把它译出来！"上校严肃地指示道。

87 死人的愿望

三个人死于同一场车祸,他们一同来到天国。

在天国里,上帝问了他们三个人同一个问题："当你在棺材里面的时候,你希望你的家人和朋友怎么评价你？"

第一个人说："我希望听到他们说我是一个伟大的医生,一个顾家的男人。"

第二个人说："我希望听到他们说我是一个好丈夫,还是一个会教孩子的老师。"

第三个人沉默了一会儿,说："我只希望听到他们说：'看啊！他动了！'"

88 罪名

汤姆跳楼自杀未遂,结果却被警察抓了起来。

汤姆气愤地嚷道："我犯了什么罪？"

警察说："你的罪名是'随意乱丢垃圾'！"

89 悲伤

一个人刚失去爱妻,痛不欲生,邻居们看了都来劝他节哀,有人甚至还答应给他再找个新的,他的心情很快就平静下来。

时隔不久,他的一头驴死了,可这次任凭邻居们怎么劝他,他就是哭泣不止。

这下人们不解了,就问他:"你妻子死了后,心情能很快平静下来,可现在只不过死了一头驴,你为何如此伤心呢?"

"妻子死了以后,你们答应替我再找一位,可现在我的驴子死了,却没一个人肯答应帮助我!"

90 上吊自杀

一个瘦女人对一个胖女人说:"如果我像你这么胖,我就上吊自杀!"

胖女人对瘦女人说:"如果我自杀,那一定用你当绳子!"

91 想过什么

一个寒冷的冬天,有个小偷偷了件棉衣。

在法庭上,法官问他:"你偷这件大衣时,心里想过什么没有?"

"想过,"小偷回答,"我想,如果这次没被抓住,我就有棉大衣暖和身子了;万一被抓住了,我也会有暖和的房子住了。"

92 称重

一妇女在街上看到有一电脑磅秤,走过去问:"称一次多少钱?"

那人看了女的一眼,说:"可能 20 元,也可能 4000 元。"

妇女很吃惊:"你这话怎么说?"

摊主解释:"称一次是 20 元,如果把秤压坏了,这个进口秤值 4000 元。"

93 今天便宜你了

从前,一个军官在战场上督阵,抓住了一个逃兵,于是大发雷霆,写了一张字条,打算在阵前宣布后将其枪毙。

谁知他"毙"字不会写,就决定改打军棍;可他"棍"字也不会写,只能对逃兵说:"去吧,今天便宜你了!"

94 挂横幅

三八妇女节到了,某公司举行庆祝活动。

主持人刚刚登台,突然舞台上方拉出一条横幅,台下的人见了立刻哄堂大笑。

原来横幅上这样写着:"庆祝 888 妇女节。"

95 希望

债务人对讨债者说："你看你,见面就是逼我还你那些钱,咱能不能换个话题谈谈?"

"好吧。"讨债者咽了口唾沫,"昨晚上在大学念书的儿子打电话催我,快给他寄伙食费去,说是'一顿只能吃半个馒头了'。"

"你是咋回话的?"

"我把希望寄托到你这儿了。我告诉他:'再坚持一下,明天我到你叔那儿,给你要根裤腰带去。'"

96 认得

警察正在审讯嫌疑犯:"你见过这把刀子吗?"

"当然。"

"这么说你认得这把刀子?"

"当然,一连三天,你每天都把它拿出来给我看,我怎么会不认识呢?"

97 找熟人

彼德因违法被警察局传讯,他不想去,就到酒吧里找朋友汤姆商量对策。

汤姆说:"警察局里要是有你的熟人就好了。"

彼德说:"我有个熟人,他还是我的'铁哥'哩!"

"有熟人就好办,你那'铁哥'在警察局里是什么职务?"

彼德抓了抓头发说:"什么职务我不知道,他是前天才抓进去的。"

98 未卜先知

巴克和希尔是同事,他们有一个共同的嗜好——打赌。

这天他们一起在餐馆吃午饭,电视里正在播放的一则新闻吸引了他们:一个女人站在高楼上,嘴里嚷着要跳楼自杀。

两个人立刻决定打赌,希尔说这个女人不会跳楼,巴克说会,赌注为二十美元。

几分钟后,这个女人从高楼上跳了下来,并且当场摔死了。

希尔十分懊恼,忍不住问巴克:"你怎么猜得那么准?"

巴克不紧不慢地说:"这条新闻早上六点就播过了,现在是重播。"

希尔懊恼地说:"其实,这条新闻我也看到了,但没想到她会跳第二次。"

99 不是这张

长官注意到最近有一个士兵行为异常,经常捡起所能看到的任何纸片,一边看,一边喃喃自语:"不是这张,不是这张。"然后把纸片放回原处。于是长官让士兵去看精神科医生。

医生诊断士兵精神错乱,并出具了退伍建议书。

士兵拿到退伍书后眉开眼笑,连道:"就是这张,就是这张。"

100　只能算交换

一个贪官东窗事发,站到了被告席上。

法官问他:"你是不是曾经收下别人送你的价值几十万元的古画?"

贪官想了想,说:"收过,不过这不应该算受贿,因为我也画了一只小鸡给那人,一画换一画,所以只能算交换。"

101　跟谁走

国王快死了,他把小王子召进寝宫来,临终有几句话要嘱托。

国王说:"孩子,我最担心的事,就是我走了以后,人们万一不跟随你怎么办?"

小王子说:"没关系,他们不跟随,我就只有跟随你去了。"

102　司机说话

有位大款参加宴会,顺便将司机介绍给大家认识,并要司机向大家敬酒。

司机二话没说,举杯道:"来来来,我们大家同归于尽吧!"

酒席上一阵沉默,司机这才知道说错话了,尴尬地退到一边,不敢再多说话。

宴会之后,在回家的路上,大款数落了司机一顿,要他多读些书,不要再闹笑话,末了,交代司机第二天五点钟叫他起床。

晚上,司机老是睡不着,拿着本书,看了一整晚,似乎有了长进。

第二天一早,司机就来到大款床边,叫醒他:"老板,快醒醒,你的'时辰到了'!"

103　请假

亨利打电话给经理,声称自己患了喉炎,不能去上班。

"如果你患了喉炎。为什么说话不轻一点,干吗还要大喊大叫的?"经理不无怀疑地问。

亨利愤愤地说:"我说话为什么要轻一点?患喉炎又不是什么秘密!"

104　一吐为快

一个勤务兵喜欢插嘴,他在长官和宾客谈话时也会喋喋不休,毫无顾忌。

长官积怒已久,把他狠狠训了一顿,还约法三章:"今后我和客人谈话的时候,你再来插嘴,就枪毙你!"

没过几天,一个客人来访,和长官议论起世界上什么叶子最大,一个说是桑叶,一个说是梧桐叶,两人争执不下。

勤务兵在一边脸憋得通红,最后忍无可忍,拍胸大叫道:"枪毙就枪毙!芭蕉叶最大!"

105 买手机

在一个偏僻的小村里,近年来外出打工的不少,一些青年赚了钱后就张罗着装电话,可一个老头说:"装什么电话,买个手机得了!"

青年说:"买手机贵。"

老头说:"手机是贵一点,但是却可以节省很多电话费。"

青年觉得奇怪:"怎么节省?"

"我躲在山里打,谁知道?"

106 狗不懂

小约翰在起居室里拉小提琴,他的爸爸在书房里看书。家里的狗躺在书房里。

当小约翰刺耳的小提琴声响起的时候,那只狗汪汪叫了起来。

他的爸爸注意到:小提琴响多长时间狗就叫多长时间。

他就跳起来,把报纸呼地扔在地上,大声喊道:"行行好,你不能拉一个狗不懂的曲子吗?"

107 吻模特

画家试图全神贯注地作画,但最终他抵挡不住模特对他的吸引。

他一把扔下调色板,猛地将模特抱入怀中,吻了起来。模特将他推开说:"你的其他模特让你吻过她们吗?"

"以前我从来没有想吻任何一个模特的冲动。"他信誓旦旦地说。

"真的吗?"她问,语气缓和了下来,"你曾有过多少个模特?"

"4个,"他回答道,"一个罐子,两只苹果和一只花瓶。"

108 乞丐训人

在南方某一繁华码头,一个乞丐张口就向一个正在干搬运的打工仔要5元钱,打工仔没给。

那乞丐见达不到目的,大声训斥道:"你是怎么混的?连个要饭的都打发不起。"

109 顾虑

徐老太太生前嗜牌如命,去世后,女儿们提议把一副上好的麻将牌与其骨灰同葬,省得老人家一个人寂寞。

众人皆点头称是,唯有二嫂皱紧眉头问道:"要是人手儿不够,她老人家叫我们去怎么办?"

110 刁难

教师、小偷、律师3个人,去世之后一起来到天堂门口。

由于天堂很拥挤,守门的圣彼得想了一招:来人必须经过口试,及格者才能放进去。

他先问教师:"因撞了冰山而沉没的那艘很出名的轮船,叫什么名字?"

教师说:"泰坦尼克号。"

圣彼得点点头,让她进了天国。

第二个是小偷。

圣彼得问:"船上死了多少人?"

小偷答:"哟,真是个难题,幸好我刚看了那部电影。答案是1500人。"圣彼得让他也进了天国。

最后就剩下律师一个人了,圣彼得打量他一眼:"你说说看,那1500人姓什么叫什么?"

111 对表

老板第一次出国考察,在机场看见墙上挂着许多钟,便习惯地对了一下表,可让他奇怪的是上面的时间都不一样:北京 9:00,巴黎 2:00,东京 10:00……

老板不禁感慨万分,叹道:这么多钟,还是北京时间最准!

112 嗜好

公司王经理有一个嗜好,那就是每天下班回家前,总要看看报纸上的物价单,然后再去商店拣最便宜的买。

一天早晨,王经理走进办公室,指着报纸对秘书说:"看看,汽油又涨价了,我真是没有想到。"

秘书不解地问:"王经理,你买轿车了?"

"不是,我昨天刚买了一个打火机。"

113 礼物

一个游客想送一点礼物给女导游,便问她喜欢什么。

女导游非常贪婪,但又不便明言,便说:"我喜欢打扮,嗯……给我一些耳朵、手指或者脖子上用得上的东西吧!"

第二天,游客送来了一块肥皂。

114 曲线报仇

在一场斗牛赛中,一位著名的斗牛士受了重伤,他刚刚被抬进医院不久,就缠着厚厚的绷带从医院里走了出来,他向聚集在门口的众多崇拜者大声吼叫着:"我一定要报仇!"说完,他开始沿街向前走去。

人们紧跟着他,不知他要做什么。

斗牛士走进了一家餐馆,在一张桌旁坐下,大声吩咐侍者:"给我上两份烤牛肉,烤得越焦越好!"

115 一样的投诉

王女士在一家百货公司的顾客投诉部工作。

有一天她和丈夫吵架,丈夫为了言归于好,便排在顾客投诉行列里,轮到他时,他在妻子耳边轻声说晚上请她出去吃饭,权当谢罪。

妻子闻言,立即面露笑容,并且吻了丈夫一下。

丈夫离开后,排在后面的一个男子走上前说:"我的投诉和他一样。"

116 整顿纪律

有一个新来的校长,陪上级领导在学校里检查工作。

他们发现有个班级课堂秩序混乱,学生们都在吵闹。当时,校长觉得很没面子,一怒之下冲进教室,把那个个子最高,吵得最凶的家伙揪到外面,罚他站在那里。

一小时后,一群学生拥到校长室,说:"校长,能不能把老师还给我们？"

117　月票

一个乞丐来到一家商店乞讨，商店老板给了他两毛钱。

不一会儿，那个乞丐又来到了这个商店乞讨，商店老板又给了他两毛钱。

当乞丐第三次来到这个商店门口时，老板说："我干脆办理一张月票吧！"

118　总是有理

饭店里，顾客说："老板，这盆红烧鸡块里怎么有一根鸡毛？"

老板说："这个嘛——先生，这是我们特意制作的防伪标志。您认为怎么样？"

119　改广告

马县长家里的"脑白金"堆了很多。

"脑白金"不像烟酒那样好处理，自家喝又喝不掉，马县长和夫人叫苦不迭。

马县长说："这都是舆论误导啊！要是电视里天天放的那个广告：'今年我家不收礼，收礼只收脑白金'的'脑'字拿掉就好了。"

120　粉红马

一位西部牛仔喜欢喝酒,这天他来到一家酒吧,泡了大半天之后,才趔趔趄趄地走出酒吧,在门外,发现他那匹白马不知什么时候被人漆成了粉红色。

牛仔简直气炸了肺,转身又走进了酒吧,扯起了嗓门喊道:"谁把我的马给漆成粉红色了?"

话音刚落,在酒柜的另一头"霍"地站起一个大汉,身上的腱子肉,一团一团地暴起了老高,"嗵"的一拳砸在了台子上:"嚷什么嚷,是我漆的,怎么了?"

牛仔一看,吓坏了,忙改口道:"嗯……我是给您提个醒,先生,我那马第一遍漆已经干了,该漆第二遍了。"

121　见亲人

上士杰克很为他的亲属感到自豪,三天两头请假说要去见他们,而且见的人一次比一次地位高。

第一次他对少尉巴顿说:"我要去见我的父亲,他是柯罗迪市市长。"

过了几天,说是要去见他做州长的伯父;又过了几天,他说去见他做总统的祖父。

这天,他又跑到巴顿少尉面前,说要请假,巴顿少尉说:"不要说了,这回肯定轮到去见上帝了。"

122 振振有词

一个乞丐在街头行乞。

这时,一个路人走来,他看了看乞丐说:"你身强力壮,又没有残疾,凭啥要我给你钱?"

乞丐大怒,说:"难道为了向你讨几个臭钱,我还要把自己弄成残疾不成?"

123 略有安慰

案子了结后,杰克对比尔说:"这个罪犯被判了坐电椅,幸亏最后请到了一位能干的律师……"

比尔问:"替他解脱罪名了吗?"

杰克说:"不,律师替他争取降低了一些电压。"

124 吓死人

一天,一个没读多少书的厂长在台上进行生产动员:"同志们,我们要各司其职,没完成指标的,将追求他们的责任!"

一个女工在下面忍不住笑出了声:"是追究……"

厂长听了,一脸严肃地说:"笑什么,如果你没有完成指标,我就追求你!"

125 一枚硬币

某部连长夜间查岗,一路走过来,发现新来的哨兵吉姆在哭鼻子。

连长问:"吉姆你怎么了?"

吉姆说:"我掉了一枚硬币,怎么找也找不到。"

连长忙从兜里掏出一枚硬币,递给吉姆,安慰他说:"不用找了,我给你一枚。"

吉姆把硬币装进上衣口袋,仍低着个头,东边找,西边寻。

连长不解地问:"你为什么还要找呢?我不是给你一枚了吗?"

吉姆说:"如果找到了不就是两枚吗?"

126 找钱

一个醉汉沿着人行道的边缘认真地找着什么东西,警察走过来,问道:"你在找什么?"

"我刚才丢了5毛钱。"

"你在哪儿丢的?"

"顺这条街往前大约半个街区。"

"可你为什么在这儿找?"

"噢，"醉汉答道，"这儿光线好。"

127　勇气干啥

　　大街上，一个路人和一个乞丐正聊着。

　　路人：你为什么要出来当乞丐？

　　乞丐：因为我需要钱买酒。

　　路人：那你为什么要喝酒？

　　乞丐：俗话说，酒可壮胆。我喝了酒，好有勇气向别人讨钱呀。

128　生命线

　　一位姑娘拦下一辆汽车要求搭车，司机说："可以，只是我要看看你的右手。"

　　姑娘把右手递过去，司机仔细看了看，说："好吧，你的生命线很长，请上车。"

　　汽车启动了，姑娘感到奇怪，问道："你干吗看我的生命线？"

　　"我的车……刹车坏了……"

129　队列操练

　　一批新兵入伍不久，一次在进行队列训练时，教官不停地喊口令:"向左转,向右转;向后转……" 这时一名新兵走出了队列。

军官忙问:"你要上哪儿去?"

"我要去歇会儿,等你决定好我们到底该朝哪个方向转,我再回来。"

130 背包

新兵不慎把背包丢掉了。

中尉严厉地批评道:"这要关你5天禁闭!除此之外,还要从你的津贴中把背包钱扣除。"

"中尉先生,您是说,要我赔那个背包?"

"是的,多亏你丢的只是个背包,而不是坦克!"

"现在我总算明白了,海军舰长为什么会发誓说要与战舰共存亡了。"

131 结巴水手

一个结巴水手慌慌张张地冲进指挥室,面对大副急得结结巴巴,一句话也说不出来。

大副一看就急了,他对水手大声说:"把你要说的话唱出来!"

水手做了个深呼吸,唱道:"往日的朋友将被忘怀,他再也不能回到我们中间。有个船员掉进了海里，在我们后面一海里的地方。"

132 存款

信用社的门刚打开，一群乞丐便挤了进来。

会计小姐大怒："这又不是慈善机构，快滚！"

"不！我们都是来存钱的。"

133 新兵

新兵列巴坐在一辆有轨电车里，在一个车站停靠时，上来一位大尉军官，只见列巴"刷"地一下立正姿势站着。

"坐下。"大尉边说，边坐到列巴对面的座位上。

电车驶到下一车站时，列巴又站起来，向大尉行举手礼。

大尉挥手示意："坐下，坐下。"

电车继续向前行驶，来到下一站时，列巴又站起来。

大尉有点不耐烦了："你坐下吧！"列巴涨红着脸，小心翼翼地轻声说："对不起，大尉同志，我已经坐过三站了。"

134 两个音乐家

两个美国音乐家在进行一次友好谈话。

"我的第一次演出非常成功，"一个说，"我收到的花足以让我的妻子开一家花店。"

"算了,"另一个说,"在我第一次演出时,观众那么喜欢我,竟赏了我一幢房子。"

第一个音乐家说:"我不信他们赏给你一幢房子。"

"他们赏了,当然一人赏一块砖。"

135 好枪法

"文革"中,某剧团上演京剧《智取威虎山》。

当演到杨子荣"打虎上山"一场,座山雕一枪打去,本应打灭一盏油灯,但后台的老灯光师多喝了二两酒,一下拉错了开关,熄灭了两盏油灯。

此时,"众土匪"一阵喝彩:"好枪法!"这时台上只剩一盏油灯,如果杨子荣打灭一盏,显然会贬低英雄形象,破坏样板戏,老灯光师可担当不起罪名。

因此他酒也吓醒了,急中生智,待杨子荣一枪打去,把总电闸一拉,台上台下一片漆黑,"众土匪"又一阵喝彩:"好枪法!乖乖,连保险丝都被打断了!"

136 救命

一位演员做梦都想得到观众的赞赏,可是这样的机会她从来没有过。

一次,在乡下露天场地演完戏后,忽然有一个青年跑到后台,激动地对她说:"太谢谢你的演出了。"

演员受宠若惊。"是这么回事。"

青年接着说:"戏开始后,后面的人拼命向前挤,我父亲眼看要被挤伤,这时,你出场了。"

演员心里热乎乎的。青年又说:"你一出场,原来拥挤的人一哄而散,老人家这才从地上爬起来,是你救了他的命。"

137 赶早市

法官正在对一个囚犯进行审讯:"你因为什么事被指控?"

囚犯说:"我只是到商店里去早了一点。"

"可那并没有过错呀?"法官疑惑不解,"你到底什么时候去的?"

囚犯干脆地回答:"在商店开门前。"

138 关键人物

一天,广场上要绞死一名罪犯。好多人拥去围观。由于人太多,囚车过不去,离开绞架还有一大截路。

这时囚车里的罪犯突然朝人群大叫起来:"女士们,先生们!用不着这么挤来挤去的!我不到那儿,你们什么也瞧不见!"

139　冤枉

法庭里,法官问汤姆:"当时你是不是手持一把锋利的刀子?"

汤姆嗫嚅地说:"是的,可是……"

法官纠正道:"不要'可是',你只要回答'是'或'不是'。你是不是把刀架在杰克的脖子上?"

汤姆干脆地回答:"是的。"

法官接着问:"你还喝令他不许动?"

汤姆干脆地回答:"是的。"

"好,"法官宣判结果,"你被判非法使用暴力,罪名成立!"

汤姆一脸无辜地说:"冤枉啊!我是一名理发师,当时正在给杰克刮胡子!"

140　答非所问

法庭上,法官问一名小偷:"你在偷东西的时候,一点也不惭愧?不为自己想一想?别人可以不想,难道你也不想一想你的家、妻子和女儿?"

小偷说:"我能不想吗?法官先生。可是,遗憾得很,我去的那家服装店只卖男人衣服!"

141 死刑犯的要求

一个死刑犯在临处决前。

法官问：“你还有什么要求？”

死刑犯说：“我要求加入人身死亡保险。”

法官无语。

142 贵族

小东正在填写家庭联系卡，他不解地问经商的爸爸：“爸爸，‘民族’这一项填什么？”

爸爸一想，说：“填贵族！”

143 苦心

小偷看见他的同伙在阅读《时装》杂志，惊奇地问：“怎么，要做时装？”

“哪儿的话，我在研究今年的时装口袋缝在什么地方。”

144 辩解

夜深人静，有个小偷到瓜地里去偷瓜。

突然撞见了看瓜人，小偷见地上有泡狗屎，就不管三七二十一地脱下裤子蹲了下去。

看瓜人过来问：“深更半夜的，你到瓜地里来干什么？”

小偷连忙辩解道："我肚子疼，出来拉屎。"

看瓜人用手电一照，不由哈哈大笑："喂，你这人怎么拉狗屎？"

小偷闻听，不由脱口答道："嘿，人急了什么屎都拉得出来。"

145 他是色盲

一个歹徒闯进一户人家家中。

他晃了晃手中的刀子，威胁主人说："别叫喊，要不然老子给你点颜色看看！"

主人的妻子在一旁抢着答道："不用给他颜色看，他是色盲。"

146 "欢迎"小偷

一个小偷在第二次来商店偷东西时被抓住了。

警察问："你难道不知道是要被抓住的吗？"

小偷说："我只知道门上写着'欢迎您再来'。"

147 优待俘虏

老王老两口是退伍军人，宝贝女儿给他们找了个洋女婿。

女婿来家吃饭时，丈母娘总是一个劲儿地给洋女婿夹菜，女儿看着满心高兴,嘴上却装作吃醋的样子说:"妈,你咋就只给他夹,不给我夹呀?"

老王听了打趣道:"你妈这是继承了我军的优良传统——'优待俘虏'!"

148　叠被

教官在检查入伍新兵的寝室。

教官问:"龟田,为什么你的棉被总叠得比山本差?"

龟田:报告长官,山本入伍前是做豆腐的,而我入伍前是做花卷馒头的。

149　最佳方法

在一所新兵训练所里,教官传授了一些空手夺枪的技巧。

然后,他问这些士兵:"如果你们带着枪在河边值勤,看见有一队荷枪实弹的敌人朝你们扑来,那该怎么办呢?"

"把枪扔河里。"士兵们异口同声地答道。

150　挑选

"谁喜欢音乐,向前三步走!"班长发出口令,6 名士兵争先跑出队伍。

班长满意地看了看下属,然后说:"很好,现在请你们把这架钢琴搬到6楼上去。"

151　相好的

有位阔太太在公园的一张长椅上坐下,她四顾无人,就把双腿伸直放在椅上。

突然,身边冒出一个乞丐,他盯着阔太太看了良久,才殷勤地邀请道:"相好的,一起散步如何?"

阔太太一听,满脸怒容地骂道:"瞎了眼的,我可不是那种风骚下流的女人!"

乞丐彬彬有礼地反问道:"那你为什么坐在我的床上?"

152　发财之道

一天,一个流浪汉站在街道的拐角处,两只手里各拿着一顶帽子,等待施舍。

这时一个过路人把一枚硬币扔进了一顶帽子中,对流浪汉说:"你的另一顶帽子用来干什么呀?"

"近来我的生意很不景气。"流浪汉说,"所以我决定开一个分公司。"

153　为啥拼死搏斗

一个年轻人,在路上被两个抢劫犯截住,他奋力反搏,但最后还是被抢劫犯制服了。

两名抢劫犯从他的口袋里只搜出五角七分钱。

其中一个问："你干吗为这五角七分钱拼死搏斗呢？"

"哎呀！"那年轻人说，"早知道这样，我就不反抗了，我还以为你们要搜我藏在鞋子里的五百块钱呢！"

154 真不容易

一人为申请执照去上面跑了十多回都没办成。有人让他送点礼试试。

于是这人送了十条名烟上去，果然执照当即就发给了他。

这人不由感叹地说："哎，十多趟加送礼才办个执照，真不容易！"

这人走后，局长对下属说："他不容易，咱们更不容易，卡了他十多次才弄到这点东西。"

155 根本不认识

这天，比斯在家里打牌到半夜，米尔气喘吁吁地跑来说："比斯，你快去看，你妻子和你的朋友在卧室里鬼混呢。"

比斯不情愿地放下扑克，说："我去看看，你们等着我回来！"

很快，比斯回来了，他不满地对米尔说："你就会瞎说！那个和我妻子在一起的男人不是我的朋友,我根本不认识他!"

156　乞丐生气

有个地区非常富有,以至于富人们无法行善。于是他们从外地请了一名乞丐来。

日久天长乞丐生出许多脾气,动不动就威胁道:"我明天就回故乡去,看你们向谁施舍。"

157　懒人拜师

从前有个懒人,懒得出奇。

这天他听别人讲,某地有个懒师傅,懒本事更大,他想前去学些懒本领。

数天后他来到懒师傅家,进门时他背对着师傅倒走了进去。

师傅见状,问他:"既然来拜师学艺,为何背对我而不面向我?"

懒人说:"我怕师傅万一不收我当徒儿,我省得再转身出去。"

师傅挥挥手说:"徒儿,你已满师了。"

158　帽子的妙用

陈先生喜欢清静,但常有人打扰。

邻居便给他想了个办法：在门后面挂顶帽子，门铃一响就把它拿在手里。如果来人是想见，就说："太幸运了，我刚从外边回来！"如果来人是他不想见的，就说："实在抱歉，我有事正要出门！"

159 坐椅子

有一户人家欠了很多债。

来讨债的人把椅子全坐满了，一人只好坐在门槛上。

主人偷偷地叫那人明天早些来。

那人心中暗喜，于是便装模作样地把大家都劝走了。

那人第二天早早前来，主人对他说："昨天让您坐了门槛，很是不安。今天早些来，可以先把椅子占了。"

160 最后的愿望

死刑犯坐在电椅上准备受刑。

行刑人："您的最后一个愿望？"

死刑犯："断电。"

161 不值一万元钱

一位富翁指着眼前的一片森林说："去年我太太在这片森林迷路，差点没回来，幸亏一位上山砍柴的农民把她救了，后来我送

荒诞笑话

他一万元钱表示感谢。"

"他收下了？"

"他仔细看了看我太太,还给我五千元钱。"

162　是一大错误

法官对窃车贼说:"在上个星期你盗窃了几辆汽车,是吗？"

"是的,法官先生。但是你们现在逮捕我可是一大错误。如果你们再给我几个星期的时间,我敢保证,咱们这个城市的车辆堵塞问题就可以彻底得到解决。"

163　神灯新编

某日,一艘渡轮因暴风雨而沉没于大海之中,只有三个人生还,分别是一个成功的商人,一个少年,及一个流浪汉。

在海上漂泊了一个月后,少年从海中捞起一盏神灯,他擦了擦,突然有一个精灵跑出来,并且让他们每人各许一个愿望。

商人在乎他的事业,他说:"我要回我的公司赚钱！"精灵点点头,呼的一声,商人消失了。

少年很想念他的家人,于是他说:"我要回家！"精灵又点点头,呼的一声,少年也不见了。

精灵问流浪汉:"你啦？你想许啥愿望？"

流浪汉想了想,说:"嗯……我也不知道我要啥？不过一个人在这倒挺无聊的,嗯……叫他们两人来陪我吧!"

于是,呼的一声,商人和少年又回来了。

164　买单

一位画家虽贫穷但极富同情心。在一次乘火车返家的途中,他把身上仅剩的几枚硬币全给了一个乞丐,可刚下火车又遇上另一个。

画家忘记他身上已分文不剩了,于是就邀这位乞丐上馆子吃中饭。

乞丐欣然接受,随画家进了一家小饭馆,美美地吃了一顿。

画家自然无法付钱,只好乞丐买单。

画家心里很过意不去,对乞丐说:"朋友,请跟我一道坐出租车到我家,我会把你买单的钱还给你的。"

这次乞丐断然拒绝:"不,我已为你付了饭钱,我可不打算再为你付车费。"

165　小偷的回答

警察问一个被当场抓获的小偷:"为什么你偏要到这家商店去偷东西?"

小偷回答说:"因为这家商店离我的住处很近。你们知道,目前社会上非常乱,我不敢过久地离开自己的家。"

166 悼文

施密特先生看报时,吃惊地发现报上竟刊登了一篇有关他的悼文,他气急败坏地打电话给一个朋友:

"真见鬼! 这是谁搞的? 你读了报上那篇关于我的悼文了吗?"

"读过了,是……先生,"朋友的声音有些发抖,"您……您……您是从什么地方打的电话?"

167 反诘

法庭上,法官在审讯一名制造假钞的嫌疑犯。

法官问:"你为什么要印制假钞票?"

被告说:"这还用问吗! 因为我本来就不会印制真钞票。"

168 不走运的丈夫

一妇女对其女友说:"我丈夫当过军官,曾多次参加战斗。他老是不走运,每次战斗中,他不是少一只胳膊,就是掉一条腿。"

"他参加过多少次战斗?"女友颇感兴趣地问。

"八次。"那女人不无自豪地答道。

169 强词夺理

小李走在街上,看见前面有个人很像他的老朋友,上前重重拍了一下他的肩膀,才发现认错了人。

"对不起,我以为你是我的朋友老王。"

那人怒气冲冲地说:"即使我是老王,你也不该拍得那么重呀!"

小李不服气地顶回去:"岂有此理,我重重拍老王一下,跟你有什么相干呢。"

170 安民告示

市液化气供应站的头头写了一则安民告示:

"我站最近到了一批气,为使人人都有气,决定实行限量供气,希望全市没有气的人积极支持配合本站做好供气工作。"

171 "高见"

一位商人和他的朋友应邀到一位教授家吃晚宴。

席间,一位客人问他是否喜欢莎士比亚。

他回答:"喜欢。但我更喜欢威士忌。"

众人哑然。

回家的路上,他的朋友说他:"你真蠢!干吗提威士忌?谁都知道,莎士比亚不是酒,而是一种奶酪。"

172　乞丐的逻辑

一位雅典的商人每个月都要到伊斯坦堡去一次。每次他都要给坐在火车站出口的一个乞丐一些钱。可是这次当这乞丐一瘸一拐地向他的老位置走来时,商人很惊讶。

"老朋友,"商人说,"这是怎么回事? 今天你瘸的是左腿,而一个月前是右腿。是不是我记错了?"

"算你走运,"乞丐用沙哑的嗓门说,"您确实没有记错,我的大施主! 是我自己在琢磨,我总不能老是磨一只鞋子吧?"

173　泄漏天机

妻子请求监狱长给她丈夫一个轻松的工作。

"他抱怨说,近来他一直感到精疲力竭。"她解释道。

"可他很长时间以来都没有干活了。"监狱长答道。

"我知道。"那位妇女说,"但是他告诉我说,他整夜整夜地在挖一条地道。"

174　上天堂之后

一个好人死后终于上了天堂,上帝热情地祝贺他,并说:"你随便提什么要求,我都满足你。"

这个人提出要点吃的,然后再要一架望远镜,以便能看到地狱里的事情。

上帝给了他一份"三明治",他一边吃一边用望远镜向下观看。

突然他一下子看到地狱里的人正在大摆宴席,吃的是山珍海味。

"为什么那些下地狱的人吃得那么好?"他问上帝,"我虽然在天堂赢得一席地位,可你却只给我一点'三明治',这是何道理?"

"实在抱歉,天堂上就你我两个人,实在不值得起火做饭。"上帝为难地回答道。

175　早日康复

内阁总理病了。

他在医院里接到一份慰问电:"议会祝您早日康复,187票赞成,186票反对。"

176　戒指

一位姑娘得到了男朋友的戒指。

第二天,她高兴地戴上它上班去了。

可是,办公室里没有一个人注意到她手上的戒指。她想方设法地摆弄着自己的手,依然没有一个人注意。

工间休息了,正当大家坐下喝茶时,她突然站起来说:

"噢！这儿太热了,我要脱下我的戒指。"

177　什么是名气

两个美国商人在俱乐部里谈论什么是名气。

一个说:"名气是应邀到白宫去和总统会面或会谈。"

另一个却说:"你错了,名气是应邀到白宫去和总统会谈,碰巧来了热线电话,总统拿起听筒一听,然后客气地对你说:'阁下,您的电话。'"

178　上帝的失误

礼拜日,一个修女跟一位教士在打高尔夫球。

教士的手气极不好,他第一次挥动球棒,球径直飞入了一个湖里。

他说道:"该死的,没击中。"并用十分难听的话大声咒骂起来。

他第二次挥动球棒,球落入一个沙坑里面。

"该死的,又没击中!"并在他气愤的咒骂中,又增加了另一些难听的话

"你不应当在安息日说些诅咒难听的话语。"修女说。

但教士的手气总是很糟糕,他把一个球击入了树林里边。

此时,他又说道:"该死的,又没击中!"诅咒得越发厉害。

"太可怕了!"修女说,"如果你胆敢再骂一次,我祈求上帝用一道闪电把你击死。"

教士丝毫不理,对准球一挥球棒,球落在一棵树上,被一个鸟窝卡住了。

他喊道:"该死的!又没击。"并咒骂得比以前任何一次都要厉害。

突然间天色昏暗,一道巨大的闪电伴随一声可怕的雷鸣划破天空,击中了……修女。她倒地而死。

从云层里传出一个低沉的声音:

"该死的!又没击中!"

179 节俭的人

苏格兰人并非是世界上唯一节俭的人,日本人较他们亦毫不逊色。

两个日本人在谈论他们的扇子。"我的扇子,"其中一个人说,"已经用了20年。我是这样用的:把它分成4份,每份用了5年。"

"那没什么,"另一位带着藐视神情说,"我的扇子已经伴我一生了。用的时候,我把它展开放在我的鼻子前,然后便晃动我的脑袋。"

180　愿望

一位老太太一生孤独,只有一只雄猫与她相依为命,她祈祷说:

"老天,在我死去之前,让我过一天无悔无恨的日子吧!"

忽然,一名天使出现在老太太面前,要老太太说出三个愿望。

"让我变得年轻漂亮吧!"

天使一挥黄金棒子,老太太就变成了漂亮的姑娘。

"让我家四周开满各色鲜艳花朵。"

果然如愿,窗外百花齐放。

"您还可以许一个愿。"天使说。

"那就把我这只心爱的雄猫变成英俊的男士吧!"

天使挥一挥棒子,站在面前的果真是一位风度翩翩的美男子,但他却彬彬有礼地说:

"小姐,你后悔了吧?谁让你怕我乱跑,前不久叫医生把我给阉了。"

181　想想好的一面

葬礼完毕,女友安慰新寡妇道:

"不要尽往坏的一面想,应该想想好的一面。"

新寡妇想了一会说:

"是啊,这是二十年来我第一次知道他晚上在哪里过夜。"

182　傻子对话

一天,两个傻子坐在一起。第一个傻子突然给了第二个傻子一记重重的耳光。

第二个傻子问:"你是真打还是开玩笑?"

第一个傻子生气了,说:"真打!"

第二个傻子松了口气,说:"真是万幸,幸亏是真打,要知道,我是不和人开玩笑的!"

183　日月难辩

有个名叫菲尔的旅行推销员,是个酒鬼。

一天,他来到一个陌生的城市,在一家酒店吃夜宵,喝了很多酒。

刚走出酒店,他突然看见一个人站在路中间。

这个人也刚从酒店出来,比菲尔喝得更多。

他似乎在天上看到了什么奇怪的东西,用手往天上一指:"对不起,请问,那是太阳还是月亮?"

菲尔看了看,然后摇摇头,说:"不知道。我也不是本地人。"

184 电子秤

当麦格罗姆在机场等飞机的时候,发现不远处有一台能称重和算命的自动电子秤。

他走过去投入一枚硬币,屏幕立刻显示:"您重195磅,已婚,要去圣迭哥。"他惊奇不已。

这时,另一个男人也过去投入硬币,屏幕显示:"您重184磅,已离婚,要去芝加哥。"

麦格罗姆问那人:"先生,您确实离婚了? 要去芝加哥?"

"是的。"那人答道。

"真神了!"麦格罗姆咕哝着跑进男更衣室,换了衣服,又戴上一副墨镜跑到电子秤旁。

这次屏幕显示:"您仍重195磅,您仍是已婚,您刚误了去圣迭哥的班机!"

185 哪天有雨

王二特别迷信。

这一年,好久没有下雨,王二去找算命先生算什么时候下雨。

算命先生装模作样地算了一会儿,在一张白纸上写了几个字,封好后交给王二,关照他道:"这纸条上写明了下雨的时候,但事先不可拆看,必须等下雨天才能看,否则触犯天条,会遭雷击的。"

王二付了钱,捧着纸条回家了。

过了半个月,终于下雨了。

王二想起那纸条,拆开一看,上面写着:"今日有雨。"

王二惊叹道:"这先生真是灵验,神了!"

186　算命

王二已经35岁了,一直没什么出息,他很着急。

这天他找一个算命先生算前程。

算命先生算了半天,然后说:"你会穷困潦倒到40岁。"

王二一听高兴了起来,他连忙问:"那以后呢?"

算命先生说:"以后你就习惯了。"

187　看见

一群人正往一辆客车上挤,一个小伙子不小心踩到了一个中年妇女的脚。

小伙子连忙说:"对不起,我没看见。"

中年妇女道:"没看见?要是在二十年前啊,你恐怕老远就看见了。"

188　幽默"射雕"

这天,黄蓉和黄药师一起聊天。

黄蓉:"爹,你喜欢靖哥哥吗?"

黄药师:"喜欢啊,简直是太喜欢了。"

黄蓉:"啊,你喜欢他哪一点啊?"

黄药师:"我们桃花岛上,梅超风是瞎子,陆乘风他们是瘸子,仆人都是聋哑人,我苦心找了这么多年,一直就差一个傻子……"

189　游戏玩家

一个电子游戏玩家死后进入了地狱。

一个星期之后,撒旦气急败坏地跑来问上帝:"你上周给我送过去的到底是个什么人?"

"怎么了?"上帝大为不解。

"怎么了?他一来就跟魔鬼们打得不可开交,最后把他们一个个都驯得服服帖帖,还挨个盘问下一关的出口在哪儿!"

190　银行缩写

这是一连串有趣的英文缩写:

中国建设银行(CBC):"存不存?"

中国银行(BC):"不存!"

中国农业银行（ABC）:"啊,不存!"

中国工商银行（ICBC）:"爱存不存!"

招商银行（CMBC）:"存吗？白存!"

兴业银行（CIB）:"存一百。"

国家开发银行（CDB）:"存点吧!"

北京市商业银行（BCCB）:"白存,存不？"

汇丰银行（HSBC）:"还是不存!"

191　新的饮食结构

平时 :以方便面为主食。

想尝尝鲜儿时 :方便面中加些葱花。

特别饥饿时 :吃完方便面,再喝两瓶啤酒。

想吃肉时 :煮牛肉面。

想再增加点营养时 :在方便面里打个鸡蛋。

偶尔想改变一下生活时 :买盒装方便面。

高兴时 :尝试各种不同口味的方便面。

生气时 :用拳头把方便面砸碎再煮。

受冤枉时 :生吃方便面。

192　勾当

议员怀特先生视察监狱时问一名罪犯:"你干过哪些见不

得人的勾当?"

"偷了一位老太太的项链,在大街上调戏过一个少女。"罪犯回答。

"还有呢?"怀特问。

"去年三月份选举时投了你一票!"罪犯喃喃道。

193　明白了

一群官兵被敌军包围了,军官说:"士兵们,要勇敢,能拯救你们生命的,只有你们的双手了,明白吗?"

"明白了。"说着,士兵们便纷纷举着双手投降去了。

194　连锁点

有人对一乞丐说:"我早上在菜场门口碰见你,中午在饭店门口看到你,你晚上怎么又跑到商场门口来了?"

"那有什么奇怪的,"乞丐不以为然地说,"这几个地方都是我的连锁点呀!"

195　猪才怪

张三和李四吵架。

张三骂李四:"你是猪!"

李四怒气冲冲地反驳:"我是猪才怪!"

从此以后，张三就叫李四"猪才怪"，而且这个外号被很多人知道了。

终于有一天，李四忍不住了，在众人面前大喊："我不是猪才怪！"

196 本州惯例

一个太守刚到任，百姓们一连三天演戏庆贺，并且有人带头呼喊："全州百姓齐庆贺，灾星去了福星来！"

太守一听把前任太守骂作灾星，却把自己当成福星，高兴极了，忙问："这两句词儿写得妙，是哪位高手写的？"

百姓们答道："这是历年传下来的。本州惯例，新太守上任都要这样喊。待等老爷您卸任，下一个太守上任时，我们还会这样喊的！"

197 削蹄割尾

有一天，申先生写信给他的朋友熊先生。一时疏忽把"熊"字下面的四点忘了，写成了"能先生"。

熊先生一看，又气又恼，提起笔来写了一封回信，故意把"申先生"误写成"由先生"，并解释道："你削掉了我的四个蹄子，我也要割掉你的尾巴！"

198　追查

纽约市政厅接线生接了一个电话,但电话里没有声音。他重复道:"这里是市政厅。"可还是没有回音。

就在他打算挂掉电话的时候,才有一个女人很紧张地说:"这儿真的是市政厅吗?"

"是的,夫人,"接线生说,"您要跟谁说话呢?"

那个女人声音温和地说:"我不找谁,我只是在我丈夫的口袋里发现了这个电话号码罢了。"

199　高规格

一位外商到一个山村考察,村主任指示文书说:"考察完后要给县广播站写篇稿,规格要高。"

于是文书在考察结束后就这样写道:"……村党政首脑、会计、文书和其他高级官员都参加了会见,宾主进行了亲切友好的谈话,同时就双边关系交换了意见,最后,双方还就当前国际形势发表了看法……"

200　偷信用卡的贼

这天,警察抓到一个偷钱包的小偷,并很快找到了失主。

警察:"先生,我们刚刚逮到一个小偷,从他身上搜出好几张您夫人的信用卡。"

失主："告诉那个小偷,他可以保留那些信用卡。"

警察："为什么? 难道你不想要回信用卡吗?"

失主："是的。小偷不知道信用卡的密码,他是取不出钱的,可是信用卡一旦落到我夫人手里,里面的钱不出两天就会花个精光。"

201　愤怒的强盗

一个小老板半夜里被一个强盗从床上拎了起来。强盗手持利刃,恶狠狠地威胁道："把钱都拿出来!"

小老板连忙说："可我一分钱也没有啊!"

强盗大怒道："你不是个老板吗,怎么会没有钱?"

小老板委屈地说："实在没有办法,昨天晚上您的同行已经把钱全拿走了。"

强盗气愤地吼道："那你为什么不把门锁好!"

202　我就说一句

有个孩子期末考了第一名,家长会上,老师要求这个孩子的父亲介绍经验。这位父亲站在讲台上,郑重其事地举起手,伸出一个手指头,说："我只说一句话。"

一句话就能把经验介绍完,这显然是个秘诀,家长们热烈地鼓起掌来。这位父亲使劲冲大家摇手,示意不要鼓掌。家长们见他这么谦虚,掌声更响了。好不容易等掌声停下来,这位父亲才结结巴巴地说:"我……要说的是……孩子的学习都是他妈在管,我也不知道他的成绩为什么这么好。"

203　傻儿子

儿子问爸爸:"为什么鸡蛋是椭圆形而不是方形的?"

爸爸不知怎么回答。

儿子又问爸爸:"为什么人的鼻孔眼朝下而不是朝上呢?"

爸爸还是不知怎么回答。

儿子再问:"为什么人的脚趾头在前而不是在后呢?"

爸爸因为还是不知道怎么回答,恼怒得差点要举起拳头。

儿子得意地朝爸爸笑道:"爸爸,这么简单的问题你怎么会答不出来呢? 因为鸡屁眼是圆的,所以鸡蛋才会是椭圆形的呀;如果人的鼻孔眼朝上,下雨天不是要被雨水呛着了吗? 脚趾在前的原因更简单了,如果在后面,不是要被后面的人踩了吗!"

爸爸愕然。

204　翻身唱歌

学生宿舍里,一个学生在床上唱歌,唱着唱着突然翻了个身,趴在枕头上继续唱。

另一个学生问道:"唱就唱吧,翻身干吗?"

唱歌的学生开玩笑说："傻瓜！A面唱完唱B面,你连这都不知道!"

205　感冒被抓

牢房里,两个犯人在聊天。

"你是怎么被抓进来的?"年轻的犯人说。

"因为感冒。"另一个犯人说。

"怎么回事?"年轻的犯人不解地问。

"很简单,我偷东西时打了一个喷嚏,保安就醒了。"另一个犯人回答。

206　电梯

高层楼房的电梯旁贴了张告示,让人忍俊不禁:电梯已坏,最近的电梯在旁边那栋楼。

207　E时代乞丐

一日,在下班回家的路上,约翰发现一个衣着破烂的乞丐坐在路边,抱着个酒瓶喝闷酒。

约翰心想:如今这社会,居然还有过着如此贫困生活的人,真是可怜!

于是他掏出钱包,抽出几张钞票,朝乞丐走去……

可走近之后,约翰猛然站定,愣住了……

只见乞丐身旁有块牌子,上面写着:现代人过现代生活,我也不例外,请各位好心人将钱汇到我的网上银行,网址是www help com,谢谢!

208 别射上衣

一家服装店遭抢了。

歹徒刚刚出门,便碰上了巡逻的警察。于是,发生了一场枪战。

这时,服装店老板赶了过来,一把拉住警察求道:"请射他的裤子,别射上衣,他的上衣还没付钱呢!"

209 失眠新疗法

病人:医生,我整夜整夜地睡不着,只是每天上班乘地铁时,拉着杠子才能迷糊那么十几分钟,能给我一点安眠药吗?

医生:不用吃药,你只要在床头装上一根杠子,晚上躺在床上拉着它就行了。

210 误会

一位保险公司职员来到委托人家中,看到壁炉架上放着一只精美的花瓶,就问这家主妇:"这瓶子里装着什么东西?"

主妇答道："我丈夫的灰。"

这位职员连忙道歉："真对不起,我不知道他已经去世了。"

"不! 他并没有死,他只是懒得去找烟灰缸。"主妇说。

211 这里没水

县城司机小张来到大城市,第一次开车上立交桥,绕了一圈又从上来的地方下去了。

交警发现后,将他拦了下来,严肃地对他说："司机同志,你怎么可以逆向行驶呀? 罚款 50 元!"

小张老老实实交了罚款。

没想到,过了一会,小张又故技重演把车开了回来,交警大为恼火,骂道："你脑子有问题吧?"

小张辩解道："你们城里人脑子才有问题呢! 这里又没水,你们修那么多桥干什么呀?"

212 砍价高手

老牛是一个大男人,能说会道,买东西特别会砍价。

一天晚上回家,他正要横穿马路,突然一个蒙面人提着一把西瓜刀冲上来拦住他,恶狠狠地说："要想活命,拿两千块钱走人!"

老牛一听,怯怯地说："两千? 太多了吧,能不能少点?"

蒙面人不耐烦地说:"少啰嗦,两千块钱一条命,多什么呀?"

老牛哀求道:"好汉饶命,一千块钱行不行?"

蒙面人举起西瓜刀,冷笑道:"快掏钱! 这是抢劫,不是推销商品!"

老牛早已吓得魂飞魄散,嘴上却不由自主地说:"可我,可我现在只有半条命呀!"

213 立即照办

军区的上校督察特别在乎官兵仪容是否整洁。

一天,他见到一个士兵犯规,立即吼道:"过来,上衣口袋没扣好应该怎么办?"

"报告长官,"受惊的士兵答道,"应该立即扣好!"

上校逼视着他问:"还不动手?"

士兵战战兢兢地伸出手去,马上将上校的上衣口袋扣好……

214 炮兵训练

一日,驻在加拉维市郊外的炮兵连进行训练。

新兵们的一发炮弹偏出了很远,落在一块菜地里。

连长大惊失色,赶忙带人跑去查看。

到了那里,只见菜地中央站着一个人,衣服被炸得支离破碎,满脸漆黑,只露出两只含着泪的眼睛,他委屈地说:"你们怎么这样,偷棵白菜犯得着用炮轰吗?"

215 留言

有一天,表兄弟俩相约去"家乐福"超市买东西。

表哥先到,表弟还没有来,表哥就去打传呼,留言说:"我已到'家乐福',在门口等你。"

过了片刻,表弟赶来了,一见面就大笑不止,并递上了传呼机,只见显示的留言是:"我已到家了,伏在门口等你。"

216 紧急电话

深夜,医生家的电话铃响个不停,原来是他的同事请他去打桥牌。

医生:"好,我马上就到。"

妻子:"什么事?非得现在去吗?非常严重吗?"

医生:"是的,需要四人会诊。"

217 新警察

两个新来的警察在街上发现了三个手榴弹,于是准备把它们带回警局。

年纪较轻的那个问同伴："如果半路上有一个手榴弹爆炸了怎么办？"

"没关系，"另一个安慰他说，"我们可以说只发现了两个。"

218　好个醉鬼

一家珠宝店被盗，当警察赶到现场时，发现一个醉鬼躺在那里。

为了弄清珠宝的去向，警察找来了一桶冷水，一边将醉鬼的头按入水中，一边问："你看到那些珠宝了吗？"

这个醉鬼睁开蒙眬的眼睛说："对不起，我实在找不到，你们还是换别的潜水员吧！"

219　执行死刑

有个死刑犯将被处决。

行刑队的队长走到他跟前，按例行公事，要问几句话："需要眼罩吗？"

罪犯答道："不，谢谢。"

队长稍稍靠前，压低声音说："请你戴上眼罩吧。在这种情况下，这不是一种懦夫的行为。它会使你更放松。"

囚犯同意了。

有人跑上前，把眼罩戴在囚犯的眼睛上。

队长接着问:"要香烟吗?"

"不,谢谢,"囚犯说,"我不吸烟。"

队长再次停顿了一下,他凑过身子,用更低的声音对囚犯说:"没关系,就吸一支吧,这会使行刑队的那些人更放松!"

220 死刑

监牢里,一个等着上电椅的死刑犯焦躁不安。

好心的看守对他说:"别怕,电流很强,也就一眨眼的工夫,丝毫没有痛苦的。"

这时,从刑场那边传来了惨叫声。

"什么声音?"死刑犯战战兢兢地问。

"我也不知道。"看守说着就去刑场看个究竟。

不一会儿他回来了,对死刑犯说:"没什么,赶上停电了,只好用蜡烛。"

221 搭便车

热浪来临时节,一对年轻夫妇开车行驶在公路上。

他们看见远处有一个手拿牌子要求搭便车的人,他们猜想上面写的一定是他要去的地方,便放慢速度,想顺便搭上他。

可到近处才看清,上面写的竟是:只搭有冷气的车。

222 和军医打赌

每个健康的小伙子都要服兵役,可是约翰从来没入过伍。

一个朋友问:"你身强力壮的,怎么不为国家履行义务呢?"

"我自己也正纳闷呢!"约翰说,"每一次体检,我都向军医说我没病,还掏出大把钞票和他打赌,但是我一次也没有赢过。"

223 奇妙的视觉

甲、乙两人在酒馆里喝得大醉后互相搀扶着沿铁路返回住所。

走了一程,甲瞪大了双眼,问:"这楼梯怎么这样长?"

乙讥笑道:"老兄醉酒了,这哪里是楼梯,是栅栏!"正说着,一个穿制服的铁路职工喊道:"快离开,危险!"

他俩慌作一团,边跑边说:"警察来干涉了,我们不能爬栏杆!"

224 挑选不易

哈克和杰里是两个居住在偏僻小镇上的乡巴佬,这天,他们头一次进城,正碰上城里在检阅士兵。

哈克说:"唉,你看这些兵,个个一般高,挑选起来多不容易!"

"这还不难。"杰里指着那队转过头正向主席台行注目礼的士兵对哈克说,"那队兵全都是歪脖子,挑选起来就更难了。"

225 缝邮票

一位驻阿拉伯的大使常巧立名目向外交部要钱,一天又写信给外交部,说阿拉伯地区正值干旱,故需要一笔钱来援助。

部长看了相当不悦,说:"这家伙又要骗钱!"

旁边的工作人员看完后说:"部长,这次好像真的缺水,你看这信封上的邮票都是用线缝的!"

226 推销受挫

一位吸尘器推销员来到一个新销售地区的第一户人家门前。

一位主妇开了门,她还没来得及说第一句话,推销员就冲了进去,并将各种碎屑洒满了整个地毯。

他说:"女士,如果这个吸尘器不能将它们吸得干干净净,我就把它们捡起来吃掉。"

主妇说:"你吃的时候想配点番茄酱吗?"

推销员不解地问:"为什么?"

"我们是刚搬来的,这里还没通上电呢。"

227　墓地惊魂

一天深夜,阿杰抄近路穿过墓地。

忽然听见里面传来一阵敲击声,他心里顿时害怕起来,可他并没有停下步,而是继续往前走。

敲击声越来越响,他也越来越怕,就在他心神不定时,他看到了前面有个人在凿石碑。

阿杰终于松了口气,对那人说:"谢天谢地,你把我吓坏了,请问你在做什么?"

那人回答道:"没什么,他们把我的名字刻错了。"

228　假钞

警察审问一个使用假钞的人:"你花掉多少假钞了?"

那人赶紧说:"我是昨天才开始花的。"

"昨天你用假钞买了什么?"

"在地摊上买了一个验钞机。"

229　越说越露馅

汤姆驾驶着一辆汽车在公路上行驶,车上坐着他的妻子、岳父和岳母。

一交警拦下汽车,对汤姆说:"尊敬的先生,您是第一个通过我们这个路段没有违反交通规则的人,我决定奖给您100

美元。"

"太好了,我正好用它办个驾驶证。"

汤姆说道。"什么,你没有驾驶证?"

警察惊诧道。

汤姆的妻子对警察说:"别听他的,他说的都是醉话。"

"怎么,你还喝酒了?"警察惊呼。

岳母立即在一边责怪道:"我说过多少次了,驾驶偷来的车,不要开得太快。"

"怎么,这车是偷来的?"警察再次惊诧道。

吵声把坐在车后座睡着了的岳父惊醒了,他大声问道:"怎么,已经到边境线了吗?"

230 离家多远

一个醉鬼跟跟跄跄地在街上走,他问身边走过的一位姑娘:"请问,小姐,我的头上有几个包?"

姑娘数了数,说:"五个,先生。"

醉鬼说:"谢谢你,我知道我现在离家还有两根电线杆的路程了。"

231 专业对口

厂区花园明文禁止男女之间有过分亲热的行为,凡被纠察队逮住者,将予以罚款。

一天晚上,强仔和女友约会,见四周人少,禁不住拥作一团,正在接吻之际,纠察突然从天而降,大喝一声,把两人吓坏了。

纠察喝道:"厂牌!"

强仔赶忙掏出捧上。

纠察看了禁不住笑出声来,挥手道:"你小子快滚回宿舍去,今晚算你走运,专业对口,免了罚款!"

原来,强仔的厂牌上标的是——车间:黏合;工种:对接。

232 女人的嫉妒

一女士长得微胖,她有一个习惯,就是见蚂蚁必杀。

别人不明白,问她为什么要和蚂蚁过不去。

女士恨恨地回答:"这小东西,这么爱吃甜的,腰还这么细,气死我了。"

233 忘了开门

布朗在镇上一家小银行里做事,这家银行即使在最忙的时候也没有几个顾客。

这天,一整天也没有一个顾客来,到了下午三点半时,经理见没生意,就叫布朗去关上营业厅的大门,准备结束一天的营业。

过了一会儿布朗回来了,局促不安地说:"很抱歉,先生,大门是关着的,今天早上我忘记开了。"

234 看报纸

两个劫匪在抢劫银行得手后,逃到一个没人的地方躲了起来。

看着那装满钱的袋子,甲匪激动地说:"数数看,我们抢到多少钱。"

乙匪安静地说:"数什么啊,明天看报纸不就知道了?"

235 安心坐牢

巡视员来到一个监狱,他发现这个监狱的防范措施并不严密,可这里多年来秩序井然,从没有犯人想到过越狱。

巡视员请监狱长介绍经验。

监狱长低声对巡视员说:"我们每天给犯人读报,专读'社会市场'一栏,让他们知道外面物价飞涨、灾难频繁和失业严重等情况。"

236 其实你不懂

两个犯人在牢房里交谈,甲说:"你要在这里坐七年牢,难道就不怕老婆甩掉你跑了吗?"

乙答道:"说这话,说明你不了解我老婆。第一,她是个守规矩的女人;第二,她爱我;第三,这是最重要的,她跑不了。"

"为什么?"

"因为她也被判了七年徒刑。"

237 懒鬼

这天夜里,一个蒙面歹徒拿着刀闯进了迈克的家。

他对迈克叫道:"把你所有的钱和信用卡都交出来,不然我就杀了你。"

迈克看着歹徒,很无奈地说:"对不起,我已经失业半年了,我没有钱给你。"

歹徒听了大怒:"你这个懒鬼! 我上个月才失业,这个月就已经出来抢劫了! "

238 奇迹

一天,甲乙两人聊天。

甲:你知道昨天发生什么了吗?

乙:不知道。

甲:我邻居家的屋倒了!

乙:哦? 那是怎么回事?

甲:我也奇怪啊! 一问,你猜怎么? 原来是那个胖胖的女主人昨晚自杀未遂!

乙：那和屋倒有什么关系啊？

甲：她上吊的啊！

239　第几次

在警察局，有个小偷正在接受审讯。

警察问："老实交代，你这是第几次了？"

"第一次。"

"说实话，到底是第几次？"

"警察先生，我说的真是实话，我偷东西以来，这还真的是第一次被你们抓到。"

240　诵经超度

甲平时很吝啬，这回，他的父亲过世了，他找了个道士超度亡魂，道士索价一千元，甲杀价成八百元，道士同意了。

做道场那天，道士诵道："请魂上东天，上东天……"

甲奇怪地问道："为何不是上西天？"

道士说上西天要一千元，八百元只能到东天。

甲无奈，只好同意一千元，道士便改口道："请魂上西天，上西天……"

这时棺材里传来了甲的父亲的骂声："你这不孝子，为了区区两百块，害得老子从东跑到西，腿都跑断了！"

荒诞笑话

241 学说谎

有一个老实人,从来不会说谎,偶尔说一次谎话,就被人揭穿。

这天,他去请教一个老爱说谎的人,那人不以为然地说:"这不难,你把假话当真话说不就行了?"

他让老实人说一句试试,那老实人想了半天,开口道:"呵呵,我告诉你呀——我是哑巴。"

242 商人之见

一商人乘出租车下乡。

车子在盘山公路上突然打滑,司机吓得大叫:"刹车不灵,我该怎么办哪?"

商人的嗓门比他更响:"快,赶紧关掉计价器!"

243 取款

一酒鬼跌跌撞撞到酒店门口的取款机上取款,准备埋单,没想到取款机里却吐不出钱来。

酒鬼急了,拿起手里的酒壶往取款机里灌。

旁边人奇怪地问:"老兄,你这是干什么?"

酒鬼笑道:"不是说……不是说酒喝多了就会吐的吗?"

244 从不洗澡

小凯不讲卫生,总是脏兮兮的。

终于有一天老师忍无可忍,问道:"小凯,你在家从不洗澡吗?你这么脏,家里人认得出你来吗?"

小凯耸了耸肩膀说:"我家里人都不洗澡的,我们通常靠声音辨认对方。"

245 最后对话

布恩在楼顶上安装电视天线时,不慎摔了下来。

当闪过第四层自家厨房窗口时,他竭力挥舞自己的双臂并且大声朝妻子喊道:"苏珊,今天少做一个人的晚饭!"

246 睡眠

两个小偷在聊天。

甲:"现在是个竞争社会,生存压力大,好多人半夜睡不着。他们睡不好,对我们来说也是压力呀!"

乙:"我们有什么压力?"

甲:"影响我们的经济收入。"

247　七天前的富翁

　　警察在街上抓到一个冰毒贩子,当即问道:"你七天前的买主是哪些人?"

　　冰毒贩子指着街口的一个乞丐说:"他也是。"

　　警察:"怎么? 他也有钱买毒品?"

　　冰毒贩子说:"警察先生,七天前他可是一个富翁啊!"

248　敬酒

　　马路上,一位交警看见一对夫妇一边喝酒,一边开车,便将他们拦了下来。

　　可这对夫妇仍然目无旁人地喝着酒,交警气得不知该说什么好,在那傻站着。

　　丈夫见状忙责备妻子说:"只知道自己喝,人家交警同志站了半天了,也不给人家敬一杯。"

249　没长眼

　　公路上两车相撞。

　　甲车司机气不过,于是跳下车子,破口大骂起来:"你没长眼啊!"

　　乙车司机不甘示弱:"谁说的? 我这不是把你撞了个正着!"

250 干吗罚钱

一个醉鬼骑自行车闯红灯被交警拦下,并被当场罚款二十元。

醉鬼嘴里喷着酒气:"为,为什么罚我?"

交警厉声道:"因为你违反了交通规则,犯了错误!"

醉鬼不服气地说:"犯了错误? 那,那罚酒好了,干吗罚钱?"

251 购枪

一个男子进了武器商店要求买最好的手枪。

店主问:"您要买打几发的枪,先生?"

那男子说:"请等一下。"

然后他跑到电话机旁,拨通后问道:"请问是银行吗?明天你们那里有几个保安值班?"

252 比你更糟

有一人心急火燎地跑向公共厕所,厕所前排着长队,他只好站在最后一个。

好容易等到前面只剩下一个人了,他实在憋不住了,就对前面的人说:"我快憋不住了,能不能让我先进去?"

前面的人紧握着拳头,从牙缝儿里挤出一句:"你至少还能说话!"

253 多谢你

古时候,有一些人专门以到县衙替别人挨打为生。张三知道后,认为自己也可以从事这个职业。

正巧,他的邻居阿丁因为犯罪而要受到刑罚一杖责一百。张三说:"我替你去吧。"

阿丁听后十分高兴,当即以纹银十两为谢。

张三来到县衙,县令吩咐马上行刑。

刚打到十下,张三就疼得叫出声来,到了二十下,他实在受不了了,赶忙偷偷把十两银子拿出来献给行刑的衙役,衙役这才轻轻地打。

回家后,张三对阿丁说:"多谢你的十两银子,要不,今天我就要被打死了。"

254 愤怒

警察在路上拦住了一位超速驾驶的金发女子,请她出示驾照。

那位金发女子显然非常愤怒,大叫道:"真是搞不懂,你们警察是怎么办事的,昨天刚有一个警察没收了我的驾照,今天你又让我出示驾照!"

255 节省

节能委员会召开会议,商讨如何方能更加有效地节省能源。

一位委员站起来发表了自己的建议:"我认为,我们可以首先在丧葬方面进行改革。我建议今后死者不必再使用棺材,完全可以用塑料袋来代替,如此一来可以节省木材。"

他的发言获得全场热烈的掌声。

另一位委员接着说道:"除了以塑料袋代替棺材外,尸体今后不必横着放,完全可以竖着,如此可以节省土地。"

会场上掌声雷动。

第三位委员迫不及待地补充道:"除了把尸体装在塑料袋中,竖着埋以外,还可以让尸体的一半埋在地下,另一半露出地面,如此可以节省立墓碑的费用。"

他的发言获得全场最为热烈的掌声。

256 卖琴

有一次,两个城里人到了一个偏僻的小山村。

傍晚,他们走进当地的一家小饭馆吃饭。没过多长时间,他们看见进来一个农民模样的男人,他背着一把手风琴,想把它卖掉。

一个城里人对另一个说道:"你看,这架手风琴还真不错,现在我们把他灌醉,让他白送给我们。"

他们叫过那个农民,问他想卖多少钱。

"700卢布。"农民回答。

"哥们,太贵了。您坐下和我们喝二两,咱们好好商量商量。"

农民高兴地接受了邀请。

喝了二两后,俩人又问:"哥们,这琴太贵了,能不能便宜一点?"

"行,500卢布。"

"好的,就这么说定了,让我们再喝二两吧,就算交个朋友。"

"当然。"又喝完二两后,农民把价钱降到了300卢布。再后来是200卢布,最后降到100卢布。

但城里人还不满足,又给他要了二两。

农民一口就把酒喝干了,说道:"啊,谢谢,真够哥们,你们算救了我了。我从早晨就想喝点,可是没有钱,这下我就用不着再卖手风琴了,嘿嘿!"

257 盘点

一位爱挑剔的太太从百货商店刚开门时就走了进去,她挑了一件又一件商品,却始终没有选到中意的东西,直到商店关门。

这时,一个店员手捧鲜花走到她面前,说:"夫人,本店经理让我代他向您表示谢意,请接受这束鲜花。"

"这是为什么呢?"太太很吃惊,"要知道,我可什么都没买啊!"

店员回答:"可是,您使我们商店在不关门的情况下进行了盘点。"

258　明晃晃的东西

系里两个学生打架,责任完全在先动手打人的一方,系里要求他在年级大会上做检讨。

于是这学生写了一篇很长的检讨书,提到打架细节时,他念道:"当时我们正在吃饭,因为一个问题发生争执,我作为一名学生干部,对他一再忍让,然而他却忽然拿出一把明晃晃的东西指着我,于是,我再也无法抑制内心的愤慨……"念到这里,深知内情的辅导员终于忍不住了,冲上讲台问道:"明晃晃的东西到底是什么,你说清楚!"

这学生沉默数秒,答道:"饭勺。"

259　送大红包

一贪官包了个二奶,住在城郊一栋别墅里,这事传开后,送红包的人络绎不绝。二奶将每个红包的数目、要求办的事等一一登记入册,不到一年,就有几百万元进账。这天,二奶将存着所有钱的存折包成一个红包,交给贪官:"这里有个大红包,你敢不敢收？"贪官问："要办什么事？"二奶说："试用期满,要求转正。"贪官问："谁？"二奶答："我！"

260　急刹车

在一辆奔驰的公共汽车上,一个乘客坐在最后一排椅子上打盹,突然一个急刹车,乘客一下子连滚带爬扑到司机旁边,他站起来后瞪着司机,大家都以为要发生口角了,不料乘客张口对司机说："师傅,你找我有事吗？"

261　想不到的服务

为了防止恐怖分子劫机,欧洲某国机场实行了极为严格的安全检查,不仅搜查乘客的行李,连口袋也翻了个底朝天。

登机后,乘客们怨声不绝,都说这检查太过分,只有一位女乘客喜上眉梢。空中小姐对乘客们说："请看这位女士多么理解我们的安全措施。"

女乘客急忙回答："是的,我非常高兴,我的一只耳环不见了足足有一个星期,结果安检人员替我翻出来了。"

262　别样的理由

一名士兵想悄悄地溜出兵营,但被一名岗哨看见了。岗哨让他出示通行证,士兵说："你瞧,伙计,我没有通行证,但我不在乎,我要去城里和女朋友约会,我必须赴约。"

岗哨拦住他,说:"如果你坚持往外闯,我恐怕不得不开枪打死你。"

士兵耸耸肩,回答道:"我妈妈在天堂,爸爸在地狱,女朋友在城里。不管你怎么做,今晚我都会见到一个亲人!"

263　特别的庆祝

汤姆在新兵训练期间,睡的是硬板床,吃得也很糟糕,因此,他做梦都想要睡家里柔软的床褥,吃母亲做的可口饭菜。这天,训练一结束,汤姆便急着赶回家。

回到家,全家人热烈地迎接他,母亲更是兴高采烈:"你小时候最爱露营了,所以我们决定全家去露营,为你庆祝!"

264　才艺表演

甲:我今天终于登上舞台,成了观众瞩目的焦点。

乙:啊,没想到你这么风光,你表演了什么节目?

甲:小李飞刀。

乙:你什么时候会耍飞刀了?

甲:噢,不,我不耍飞刀,我是靶子。

265 需要我帮忙吗

杰瑞、麦克、米勒在湖边钓鱼,一个天使突然出现在他们面前,问:"你们需要帮忙吗?"

三人见是天使,都惊得说不出话来,杰瑞最先反应过来,他恭敬地问天使:"我被炮弹炸伤过,后背一直都很疼,您能帮我解除痛苦吗?""没问题。"天使说着摸了一下杰瑞的后背,杰瑞立刻感到后背不疼了。

麦克戴着厚厚的眼镜,他问天使:"我的视力很糟糕,戴着眼镜都不管用,您能帮帮我吗?"天使微笑着点点头,拿下麦克的眼镜往湖里一扔,麦克立刻就发现眼前一片清晰。

当天使转向米勒时,米勒忙摆手阻止道:"别碰我!"天使一愣,问:"你难道不需要我的帮助吗?"米勒说:"不需要,我还得领伤残抚恤金呢!"

266 唱的什么歌

甲:今天路上两车相撞,两个司机吵得不可开交,我唱着歌从那里经过,谁知被他们给骂了一顿。

乙:岂有此理!唱歌也挨骂?你唱的什么歌?

甲:我当时正在唱《相逢是首歌》。

267 警察的建议

马克搬进新居,可住了不久,家就被盗了。前来查看的警察建议他安个防盗门,马克立即照办,可谁知没过多久,又有小偷光顾他家。

警察又建议道:"在所有窗户外装上铁栏杆,铁条要结实,间距要窄些,千万不能马虎。"

这次马克行动更迅速,可是没过多久,马克家第三次被洗劫。

马克无奈地问:"还有什么办法吗?"警察想了想,摇摇头说:"还是把房子卖掉,离开这鬼地方吧!"

268 能力测验

下班后,比尔见鲍伯一个人在酒吧里喝闷酒,便问他怎么了。

鲍伯有气无力地说:"今天公司对我们进行了一次能力测验,看每个人最适合什么工作。"

"噢,那测试结果显示你最适合什么?"比尔问。

鲍伯叹气道:"失业。"

269 葬礼

格林夫人去世后,葬礼安排在当地的小教堂举行。仪式结束后,人们抬着棺材朝教堂外走去。在一个狭窄的拐角处,棺材不小心撞到了墙上,这时从棺材里传出一声微弱的呻吟,人们又惊又怕地打开棺材,发现格林夫人醒了过来,便马上把她送到医院进行抢救。

半个月后,格林夫人奇迹般地恢复了健康。

10年后,格林夫人再次去世,葬礼依旧在小教堂举行。仪式结束后人们又开始抬着棺材向外走。快要走到那个狭窄的拐角处时,格林先生突然在后面大声喊道:"当心! 别碰着墙!"

270 害羞

阿龙从城里打工回来后大开眼界,

他对青梅竹马的玉凤说:"现代科技真了不得,据说人造卫星可以清楚地拍到地面上的一切。"玉凤听了,顿时羞红了脸,说:"那俺以后再也不和你手拉手到后山去了……"

271 委婉的评语

小军是一名初三的学生,平时特别爱请假,而且每次请假的理由都不同,不是感冒,就是发烧,时常还要参加亲人的葬礼,这让班主任很为难。

临近毕业,班主任老师要给每位学生写评语,他在小军的毕业评语中这样写道:"你是我见过的最多灾多难的学生。"

272　绝对优势

新歌剧演出之前,导演从后台向台下张望,见台下稀稀拉拉地只坐着几个观众,导演怕演员们泄劲,于是回过头去给他们打气,说:"大家一定要沉住气! 今天在观众面前,我们在数量上占绝对优势……"

273　铺铁路

为铺设一条铁路,一位勘测工程师走进一家农舍,对女主人说:"我们的铁路将正好通过您这所房子,十分抱歉。"

农妇答道:"这倒没啥,但是,你们别以为火车每次打这儿通过时,我会帮着开门和关门! "

274　弄错了

一天,有个人喝得醉醺醺地来到商场,他指着一样东西,直着舌头说:"我要买那个烟灰缸,快给我拿过来。"

服务员好意提醒他:"那不是烟灰缸,那是砚台。"

醉汉又指着一样东西说:"我要那支烟。"

服务员尴尬地说:"那不是烟,那是毛笔。"

"先生,我想要……"醉汉还在没完没了地说着,服务员再也忍耐不住了,大声说道:"我不是先生,我是小姐。"

275 开心的事

有一个男子站在汽车站前笑个不停,旁边的人看了觉得很奇怪,就问他有什么事这么开心。

男子边笑边说:"我把刚才那个售票员耍了。"

"怎么耍了?"

"我买了票,可我没上车!"

276 舰长下舰

在一艘军舰上,每当舰长上下舰艇,广播都要播出消息以示敬意。

这天,军舰靠岸,舰长正要离舰,只听扩音器中传来:"本舰舰长下舰,本舰舰长下舰。"

舰长一听大怒:"谁说我下贱!"

过了一会儿,只听扩音器纠正道:"舰长不下贱,舰长不下贱。"

277 清白无辜

在法庭上,一场激烈的辩论之后,一直不承认有罪的被告突然认罪。

审判长问:"你为什么不早认罪?白白浪费了我们那么多时间。"

被告说："在对方没提出足够的证据之前，我一直以为自己是清白无辜的。"

278 只在半场练球

一个记者看完巴西队的训练课后，采访他们的主教练："你们怎么只在半场练球？"

主教练回答："练半场就够了，反正踢来踢去都是在别人的半场里踢。"

记者又看了中国队的训练课，然后好奇地问中国队的主教练："你们怎么也只在半场练球？"

教练回答："练半场就够了，反正踢来踢去都是在我们的半场里踢。"

279 发挥余热

老张一直在交通部门负责发放驾驶执照，退休以后在民政部门发挥余热，帮忙办理结婚证。没想到上班没几天，群众意见倒不少。主任向老张了解情况，老张挠着头说："都是我不好，办驾驶证惯了，有人来办证，我总爱问：是准备搞营运，还是只想过过瘾？"

280 月历

一个人演讲离题万里,一讲就是两个小时。最后他发觉有些不对劲,忙向听众们道歉:"不好意思,我忘记戴手表了,时间没掐准。"这时,只听从后排传来一个声音:"不要紧,你后面有个月历,可以用它来计算时间。"

281 油条还是油饼

早晨,萍萍走进小吃店,对店里的师傅说:"给我炸一个油饼。"

师傅麻利地把油饼坯扔进油锅,萍萍见了,嘟囔道:"这油饼太胖了,我在减肥不能要!"

师傅听了,问道:"你嫌油饼胖,那你就要油条吧,油条瘦啊!"

萍萍听罢叫了起来:"油条?那我更不要了!我刚和男朋友吹了,看着油条抱得这么紧我生气!"

282 忘了文化

小李的眼睛只是一般近视,但为了在朋友面前显示自己有文化品位,特地花大价钱配了一副眼镜,后来又觉得戴隐形眼镜更有气质,于是又去重配了一副。

那天正好朋友聚会,小李戴着刚配好的隐形眼镜兴冲冲地去了,心里还为自己刚刚改变了的新文化形象得意得不得了。

不料朋友看到他的第一句话却是:"你的'文化'呢? 你怎么把文化给丢了?"

283　都是美梦

两个小伙子坐在一起吹牛,甲说:"我每天晚上都梦见我一个月挣 2 万块工资,跟我父亲一样。"

乙说:"你父亲一个月挣 2 万块? 了不起!"

"的确了不起,他也是在梦里梦见的。"